二見サラ文庫

秘祭ハンター椿虹彦

てにをは

JN076510

| Illustration |

長谷梨加

C O N T E N T S

本作品の内容はすべてフィクションです。
実在の人物、団体、事件などにはいっさい関係ありません。

序幕　祭の準備

大学の正門前にソメイヨシノが咲いていた。

チラヒラと花びらの光る様子が、随分《ずいぶん》遠くからでも見て取れる。

桃色のトンネル。

――しまった。

事前に確かめておくべきだった。

通りの歩道の真ん中で足が竦《すく》んだ。

他の新入生達は潮《うしお》を追い越して楽しげに、眠たげに門を潜《くぐ》ってキャンパスへ入っていく。

入学初日、潮は正門以外の他の入り口を探すことにした。

◆

「現在日本には約三十万もの祭が存在すると言われている」

講義も終わりに差しかかった頃、講師は独り言のように言った。

「だがこれは正しい数字ではない。そんなに少ないはずがないんだ」

「あの、それはどういう意味でしょう？」

潮はその言葉の真意を尋《たず》ねようと手を挙げた。講義を受ける一学生として尋ねる権利はあると思ったからだ。

「以上。では」

けれど講師は手元の資料を素早くまとめると、容赦なく教室から出て行ってしまった。同時に講義終了のチャイムが鳴る。

挙げっぱなしの手が虚《むな》しく宙を泳いだ。

「潮ー、お昼どうする？　また駅前のイタリアン行く？　……この手は何？」

後ろの席から声をかけてきた友人の藍美《あみ》が、訝《いぶか》しげに潮の手の平をつつく。

「ごめんなさい。わたし用事ができたの」

「あ、ちょっとー。お昼はー？」

藍美には悪いと思いつつも急いで教室を出た。あの講師、まだそう遠くへは行っていないはず。

廊下は講義終わりの学生が行き交っている。人波の向こうに一際背の高い後ろ姿を見つけた。

駆け出し、声をかける。

「センセイ！　椿《つばき》センセイ！」

東京都練馬区《ねりまく》の千川《せんかわ》通りをさらに進んだ先に、潮の通う房篠《ふさしの》大学はある。

戦後に設立された私立大学で『世界に目を凝《こ》らす』を理念に掲げている。

住み慣れた家を出て、春から通い始めて早二ヶ月、ようやく大学にも町にも、一人暮らしを始めた部屋にも慣れてきた。

周囲の友達が徐々に夏の計画を話題に挙げ始めていたそんな頃、田中《たなか》潮はとある講義の存在を知った。

『日本の祭《コト》に潜《ひそ》むモノ　講師：椿虹彦《にじひこ》客員講師』

これはもしやと思い、潮は望みを託すような思いでその講義を選択した。


「そろそろ話を聞いていただいてもよろしいですか？」

潮は、はやる気持ちを抑えて椿虹彦に問いかけた。

虹彦はさっきから黙々とエピラフを口に運んでいる。

二人は喫茶『さわ』の窓際のソファ席で向かい合って座っていた。『さわ』は大学から徒歩二分の場所にある古い喫茶店だ。その昔は学生で賑《にぎ》わっていたらしいが、周辺にお洒《しゃ》落《れ》な店が立ち並び、現在では大学生が来ることもめっきり少なくなっている。

「君」

虹彦がようやくまともに口を開いた。だが、その第一声の段階で潮は呆《あき》れていた。

「ぼくの合図がないと自由に話すこともできないのかい？　いいから、構わず好きな時に話して好きな時に席を立つといい。君にはその自由がある。そしてぼくには食事をゆっくり楽しむ自由がある」

なんなのこの人。

彼が今楽しんでいるそのエピグラフは、話を聞いてもらう条件として潮がご馳走《ちそう》したものだ。彼がこの店を指定し、メニューも指定したのだ。条件を言い渡された時は思わず耳を疑ったが、椿虹彦はいたって真面目だった。

「堂々と学生に奢《おご》らせる講師なんて聞いたことないわ……」

目の前の油断ならない男を改めてまじまじと見る。

上背はあるのに圧迫感を覚えないのは、ひょろりとした痩《や》せ型の体型のせいだろうか。薄い眉の下に並ぶ眼光はいささか鋭《するど》すぎるように思えるが、その相貌は充分すぎるほど整っていると言っていい。ウェーブのかかった髪は日差しのせいか、若干赤みがかって見える。

どういうこだわりなのか、虹彦はエビピラフのエビだけをきれいに残して食べ進めている。

「では改めまして。わたし、田中潮と申します。センセイの先ほどの講義、大変興味深かったです。日本国内にお祭りが三十万もあるなんて驚きでした。また次回の講義もぜひ受けたいと思っています」

潮が話している間も虹彦はスプーンを止めない。ちゃんと話を聞いているのか心配になってくる。

「そんな椿センセイにお尋ねしたいのですが」

潮は速まる自分の鼓動を感じながら切り出した。

「誰にも知られていない秘密のお祭り——なんてもの、あると思いますか?」

そのまま黙って相手の反応を待つ。

スプーンがテーブルに置かれた。皿の上にはエビだけが残されている。

「熱心な学生くん。しかし誰も知らないものをあるかどうか尋ねられても困る」

「なっ……オホン……。すみません。わたし説明が下手で。その、つまり、情報が公《おおやけ》になっていない、限られたごく一部の地域や人の間でしか伝わっていないようなお祭りです。そう、秘祭《ひさい》……と呼ばれる類《たぐい》の」

「……ふん。その言葉をあえて出すということは、最初からぼくのことをしっかり調べた上で声をかけてきたというわけか」

「それは……はい」

その通りだった。

彼の名前は椿虹彦。年齢は二十八歳。

講義を選択する際に彼のことは前もって調べておいた。その中に次のような興味深い情報があった。

椿虹彦は『三つの異なる顔』を持つ。

一つは、房篠大学客員講師としての顔。現在は不定期に日本の民俗学を教えている。

もう一つは作家としての顔だ。彼は椿砂々春《さざはる》の筆名《ペンネーム》でこれまでいくつかの小説作品を世に発表している。その内容は極めて怪奇色の濃い、万人受けからはほど遠いものだ。

そして三つ目の顔——そう、潮にとってはそれこそが最も重要で興味深い顔だった。

「センセイは日本全国のあらゆるお祭りを取材して回っていらっしゃると聞きました。そして中でもとりわけ——秘祭研究に没頭していらっしゃると」

それこそが椿虹彦の三つ目の顔だ。

「調べるような真似をしてすみません」

「まあ、別にひた隠しにしていることでもない。知られて困ることでもないから平気だよ」

秘祭。これは一般的な用語ではない。そして今日の講義の中でも出てこなかった言葉だ。

秘された祭。つまり、なんらかの理由によって世間から隠され、ひっそりと行われている祭のことだ。

普通の生活を送る人にはおよそ縁のない言葉かもしれない。

「センセイ、ネットの発達したこの情報化社会で果たして秘祭なんていうものがまだ残っているものなんでしょうか？　そんな余地が現代にあるものなんでしょうか？」

祭については個人的にネットでも調べてみたことがある。結論から言えば、それらしい祭はいくつかヒットした。だが、思ったのとは違った。そもそも調べて出てくるということは、それはその時点で秘祭とは言えない。

「田中くん、君は今この情報化社会でと言ったな。では君からしてみれば、人類はインターネットによってもはや万物の全てを照らし出し、解明しきったというわけだ」

「そこまで自惚《うぬぼ》れてはいませんが、でも実際現代では……」

「植物だって生物だって、現在進行形でまだまだ未知の新種が発見されているよ。近所の河原の石の下から、まだ名前のついていない昆虫が出てきたって不思議はない。人類は世界のことをまだ数パーセントしか解《わか》っちゃいないよ。だからある」

「そんな極論を言われても……え？　ある……？」

「あるよ。秘祭はある」

「ある……のですか」

「この目で見てきたからね」

「その目で……」

座っている椅子の背もたれが軋《きし》む。

「その……センセイがご覧になったという秘祭って、具体的にはどんな内容だったのでしょうか?」

「秘されているには理由があるわけだ。そしてそれをピラフ一皿でペラペラと人に喋《しやべ》る趣味は、ぼくにはない」

「そんな、奢らせておいてそれはないですよ! エビ残してるし!」

矛先《ほこさき》がぶれてしまった。

「どんなお祭りだったのか教えてください! 教えて!」

「どんなと言われても、たくさんあるからなあ」

虹彦は子供みたいにキョロキョロしながら、その手でフォークを弄《もてあそ》んでいる。

「た、たくさん……? ホントに⁉」

預けたばかりの背筋がピンと伸びた。

「そ、それじゃ講義の終わりかけに言っていたあの言葉の意味は、やっぱりそういう……!」

——そんなに少ないはずがない。

つまり三十万という、公に数えられている祭以外に、カウントされていない隠された祭

――秘祭が日本のどこかにまだまだ存在する。

「そ、そ、それなら！」

潮は椅子から立ち上がって、テーブルにドンと両手を置いた。

「たくさんの人がぶら下がった桜の樹！」

潮の大きな声が店内に響き、一瞬あたりがしんと静まり返った。他の常連客がこちらをチラチラと横目で見ている。

潮は咳払《せきばら》いをして着席した。

「と……いうようなものが登場するお祭り……ご存知ありません？」

「桜の……なんだって？　人が？　ぶら下がって？」

フォークを揺らす彼の手が止まった。

「ええ。その……たくさん……。正確には……それが桜だったのかどうかも定かではないんですけど……でも……」

「一体なんの話をしてるんだ君は」

「祭です。お祭りの話！　わたし、見つけたい祭があってセンセイにお声をかけたんです」

「……それがなんらかの祭であることに間違いないのか？」

虹彦の眼光が一層鋭くなった。

「間違いありません……と思います」

「……地域は？」

「わかりません……他のことは何も。なのでセンセイにお訊《き》きしてみようと……。わたし、理由《わけ》あってどうしてもその存在を確かめたいんです」

「なぜ？」

「それは……」

「言いたくないのか、言えないのか」

本当は洗いざらい話した方がいいのだろう。だが、どう話せばいい？

さっき会ったばかりのこの男に。

「………ふーん」

虹彦は大きな手を口元に当て、子供みたいな声を漏らした。

「もしかして椿センセイならご存知なんじゃないかって……」

何やら考え込んでいた虹彦だったが、やがて口を開いた。

「残念だけど君の言うような祭はぼくも知らないな」

「そう……ですか」

答えを聞いて力が抜けた。俯《うつむ》くとそこには入店時自分のために注文したコーヒーが置いてあった。全く手をつけていなかったことに今更気づく。

やっぱりあれは夢だったのかしら――。

もうあんなものは忘れてしまえ。これはそういう啓示なのだろうか。

カツンと硬い音がして、思わず顔を上げる。

目の前で虹彦がエビにフォークを突き立てていた。しかし彼の視線はどこでもない虚空《こくう》に注がれている。

「いや……しかし桜……桜か。町に山に、桜は全国各地にある。そして諏訪《すわ》の御柱《おんばしら》をはじめとして巨樹信仰そのものは珍しいものじゃない。巨樹にまつわる祭も少なくはない、か。だが枝からぶら下がる？　人が？　そんな祭は……。あるいは装飾……神への献上……大空を行く神への目印？　だとしたら可能性は……」

独り言のようにつぶやく彼の語気が徐々に強まっていく。

「あ、あの……センセイ……？　ひいっ！」

笑っている。虹彦が鬼か悪魔かというような、すこぶる悪い人相で。

「ふふ……ふはは！」

笑いながら彼は次々に残りのエビをフォークの先端に突き刺していく。

椿虹彦にもわからない未知の祭。こちらの話がなんだかマズいスイッチを押してしまったらしかった。

その時になって、彼が研究者仲間から冗談交じりにつけられた肩書きがあったことを思い出す。

――秘祭ハンター。

最初に見た時は漫画じみたふざけた二つ名だなと思ったが、こうして本人の秘祭に対する執着を目の当たりにしてしまうと、なるほどまさにうってつけの肩書きであるように思える。

「センセイ、周りの人達が怪しんでいますよ！　とりあえず串刺しはよしてください！」

「ふん。ぼくの食べ方にあーだこーだケチをつけないでくれ。エビはいつも最後にこうして食べてるんだよ。ああ、美味《うま》い。串刺しにすると身が締まる」

それから彼はたっぷり一分間目を瞑《つむ》ってエビを味わっていた。

声をかけても反応をもらえなかったので、すっかり冷めたコーヒーを飲んでただ待つことしかできなかった。

やがて虹彦が目を開けた。

「君……田中くんだっけ」

「はいセンセイ」

「まだいたのか」

「いますよ！　ずっと！」

「そうか。それもそうか。ええっと、さっきは知らないと言ったが、手順を踏んで探せば近しい祭は見つけられるかもしれない」

「え！　本当ですか⁉」

身を乗り出し、虹彦に顔を近づける。

「探してくださるんですか？　そうなんですね！　やったー！」

これは僥倖《ぎょうこう》。してやったり。

思わずコーヒーカップを両手で持ったまま、バンザイをする。

「それでそれで？　具体的にはいつから調査を……」

「ん？　調査？　誰がそんなことを言った？　勝手に話を進めないでくれよ。ぼくは見つけられるかもしれないと言っただけだ。ぼくにだって予定がある。他に調査したい秘祭はたくさんあるんだ。向こう一年はスケジュールが決まっているよ。手帳見るかい？　ほら、君のためだけに動いている暇はないね」

「そ、そんなあ！」

「だが、まあ条件次第では引き受けないこともない」

「条件ですか……？　き、聞きましょう」

「田中潮くん。君って家が裕福だったよな？」

「……突然なんの話ですか。わたしは条件を聞かせてと言ったのよ」

突然話が脱線した。話の行方がわからない。だが虹彦は構わず続けた。

「父親は自称文化人類学者の田中公義《きみよし》。元々は平凡な銀行員だったが、三十歳の時に趣味が高じて出したインチキなオカルト本が大ヒット。関連本も大層売れて、それを足がかりに現在ワイドショーのコメンテーターも務め、かくして君は成金娘となった」

「し、知っていたんですね……。わたしのこと最初から！」

「別に君のように進んで調べたわけじゃない。一学生の噂《うわさ》として耳に入っていただけだ」

虹彦の言ったことは事実だった。

確かに潮の実家は裕福だ。小学校低学年くらいの頃までは普通の家庭だったのだが、父の書籍が空前のブームになってから急に裕福になった。それから今日までずっと裕福だ。

個人的にお金に困ったことはない。

いつだったか、親から送られてくる毎月の仕送り額を藍美に教えたら「はぁ？　なんなのあんた？　縁切ろうかな！」と理不尽に怒られた。

「わたしのことが条件とどう関係があると言うんですか」

「君にはぼくのスポンサーになってもらう」

「……え？」

今、この講師、なんて言った？

「横文字は苦手かい？　スポンサー。出資者だよ。資金源。食費に交通費に滞在費。その他諸々。取材には何かと費用がかかる。何しろ全国を飛び回るからね。だから、君の探す祭を見つけてくる代わりに、それまでの間君にはぼくの出資者になってもらう。自然なギブアンドテイクだと思うけどね」

「なっ……！　学生の財布を頼るなんて……あなたって人は……」

しかし考えてみればこの男にはすでに昼食を奢らされている。

「なんだいその顔。まさか君、全くの無償で、善意のみで大人を好きなように使おうだなんて思ってたんじゃあるまいね？」

「そそ、そんなことは……！」

「金。資金。君が提供すべきはそれだけだ。できることもそれだけだ」

その常識外れの大学講師は東大寺《とうだいじ》の阿吽《あうん》の像みたいに潮をギロと睨《にら》みつけ、堂々とそう言い放った。

「理屈はわかりますけど……」

虹彦からの条件は、一般社会の尺度で言えば別に卑劣《ひれつ》な提案でもなんでもない。クライアントが専門家に依頼を出し、そのための費用を支払う。普通のことだ。

だけど――。

だからと言って講師が学生に言うことだろうか？

潮は思う。またもや思う。

なんなのこの人。

とは言え、無条件でその道のプロフェッショナルを働かせようと考えていた自分の考えも甘かったかもしれない。

会話を始めた直後から虹彦のことは憎々《にくにく》しく思っているし、「この人ってヘンだわ」とも思っている。それでも——。

「わかりました。払いましょう！」

潮は思いきって虹彦の条件を呑《の》むことに決めた。

元々覚悟を決めて彼に声をかけたのだ。毒を食らわば皿だろうとエビだろうと食べるまで。

「ふふん。もしかしたら無茶な条件をつきつけることで、わたしに諦《あきら》めさせようと考えていたのかもしれませんがお生憎《あいにく》様！　ええ、払いますとも！　その代わりわたしの探すお祭り、絶対に見つけてくださいね！」

潮はバンとテーブルを叩く。

虹彦はニヤリと笑い、フォークの先を潮に突きつけた。

「ぼくを舐《な》めるんじゃない。交渉成立だな」

潮はもう周囲の目など気にしなくなっていた。

「ただしこちらにも条件があります！」

やり返すように虹彦を指差し、潮は言った。

「秘祭探しの際には必ずこの田中潮も同行します！」

第一祭　阿府沙羅祭

――連れて行け。天の頂へ――

午前七時。品川駅《しながわ》の新幹線乗り場前に虹彦《にじひこ》は立っていた。

通勤ラッシュに沸く駅構内は勤め人で溢《あふ》れ返っていたが、その中で彼の長身と赤毛は無闇に目立っていた。

あくびを一つ噛み殺してから恐る恐る近づく。潮《うしお》は身を硬くした。約束の時間には遅れていないはずだが、初対面の時の印象から出合い頭《がしら》にどんな皮肉、小言、難癖《なんくせ》、からかいその他を浴びせられるやらと警戒した。

けれど虹彦は潮の姿を見つけると、先日の対応が嘘のような紳士的な微笑みを浮かべ、あまつさえ両手を大きく広げて近づいてきた。

――熱烈歓迎！　田中《たなか》潮様！　秘祭探訪ツアーはこちら！

とでもいった様子で。

「やあ、来た来た。潮くんおはよう。昨夜はよく眠れたかな？」

「あ、あの……」

「ああ、大丈夫だよ。時間ぴったり。正確には一分半の遅れだが問題ない。君ならね」

思わぬ柔らかい対応に潮は目をパチパチとさせ、周囲を見回した。自分ではない別の誰かに話しかけている可能性を疑ったのだ。

先週会った時と随分《ずいぶん》な違いだけど、どういうことかしら？

「おや、なかなかお洒落《しやれ》してるね。その靴もいい感じ。それとも普段からこれくらい洗練されているのかな？」

とは言え、こう立て続けに流れるように褒めそやされると乙女としては悪くない気分になってくるものだ。

「……でしょう？　でしょう？」

ポーズを取り、その場でくるりと回る。潮は髪をシニヨンに結《ゆ》い、それに合わせて涼しげな水色のブラウスを身につけている。さりげなく肩にかけたバッグはおろしたてだ。

「センセイの旅に同行する学生として恥ずかしくない身嗜《みだしな》みを整えてまいりました。記念すべき出発の日ですので！」

結局調子に乗り、状況を受け入れた。潮は元来人の腹の底を探って慎重に行動するということができない性格だった。

「昨夜突然のお電話で、明朝に出発すると一方的に告げられた時はセンセイの常識と正気その他を疑いましたけれど、もういいんです。劇的な知らせはいつも突然もたらされるものですから」

「君は人生の真理を摑んでいるというわけだ。感服するよ」

「やだセンセイ、褒めても何も出ませんよ」

二人は普通の講師と学生のように笑顔を向け合って談笑した。

「それじゃ早速行こうか。こっちだ」

「はい！」

促されるままに潮は切符販売窓口へ向かった。

「グリーン。グリーン車ね」

「はいはい！」

促されるままに新幹線往復切符、大人二枚分を購入した。

「潮くん朝食まだかい？　ならせっかくだから弁当を買っていこう。好きなの選べよ。ぼくはこれね」

「はいはいはい！」

潮は牛タン弁当とエビチリ弁当と緑茶二本を買い、ホームで新幹線あさまの到着を待った。

「…………全部わたしの奢《おご》り！」

ホームに潮の声が轟《とどろ》いた。虹彦は両手で耳を塞いだまま「やっと気づいたか」と言った。

「言っただろ。君にはぼくのスポンサーになってもらうと」

「そのために！　最初からお金を出させるために優しい顔してたのね！」

「当然だろう。いざとなったら出し渋るかもしれないからな。でももう遅い」

虹彦はニタッと笑いながらグリーン券をヒラヒラさせる。それは潮の骨まで、一円玉の一枚にいたるまでしゃぶり尽くしてやるという悪の微笑みだった。

「あなたって人は！　条件は呑《の》んだんだからそんな　謀《はかりごと》　をしなくったって出しますよ！」

褒めても何も出ないと言った自分が恥ずかしい。

恥ずかしくて腹が立って、むせた。

そこへ見計らったようにあさまがやってきた。

「さあ、秘祭を巡る旅へ出発だ。むせてる場合じゃないぞ潮くん」

どの口が言うのよとは思ったけれど、ここまで来たらもう行くしかない。

いよいよだわ。

長年躊躇《ためら》ってきたけれど、とうとうわたしは行動を起こした。

人生の呪縛に決着をつけるのよ。

潮は緊張の面持《おもも》ちを虹彦に悟られないようにそっぽを向いたまま、あさまに乗り込んだ。

◆

濃い新緑のトンネルを抜けた先に天伏町《あまふせちょう》は広がっていた。

山の斜面を有効に活用した棚田が整然と並び、上空をトンビが旋回《せんかい》する美しい町だった。

細い道路の脇に立ち、町の風景を眺める。

「最悪です……」

潮はすでに疲れきっていた。

「今時バスも通れないほどの狭い道がまかり通っているなんておかしいわ。あんな手前で降ろされるなんて……」

たっぷり一時間半も山道を登ってきたせいで額にはたっぷり汗をかいている。

「足痛い……。なんでわたしがこんな目に……」

新幹線、在来線、バス、徒歩。早朝に東京を出発してからここまで、七時間が経過していた。

「フィールドワークにヒールを履《は》いてくるなんて田中くんはバカだな。それにその浮かれた格好はなんだ。山を舐《な》めているとしか言いようがない。申し訳ないけどこう言わざるを得ない。センスがないと」

「朝は褒めてたじゃないですか！　だいたいこのヒールは銀座《ぎんざ》でオーダーメイドした確かな品ですよ！　ブランドですよブランド！」

椿《つばき》虹彦はいつでもどこでも失礼極まりない。踵《かかと》を踏み鳴らして抗議する。余計に足が痛くなっただけだった。

「そうかい。ところで潮くん」

人の怒りの訴《うった》えをそうかいで終わらせないでもらいたい。

虹彦は足元に片膝をつくと、いきなりなんの躊躇いも遠慮もなく潮の足首を掴んで持ち上げた。

「ひゃ！　何をするんですかっ！」

虹彦はお構いなしで潮の足を様々な角度から眺め、両手でその形を確かめた。珍しい出土品でも観察するみたいに。

「セ、セクハラです！　これはセクハラ！　いやらしい目！　言い逃れできませんよ！　変態！」

「君、扁平足《へんぺいそく》気味だな。山歩きには不向きかもな。片足でバランス取るの苦手だろう？」

「は？」

虹彦は言いたいことを言うと潮の足をポイと手放した。用済みになった棒切れでももう少し丁寧に放りそうなものだ。

「大きなお世話です。そもそもご存知の通り、わたしはこんな取材旅に同行するのは初めてなんですよ。事前に色々アドバイスをしてくださってもよかったんじゃありません？」

反論する潮をよそに虹彦は背後の山々に視線を注いでいた。釣られて思わずそちらを見ると、そこには見上げるほど大きな風車《ふうしゃ》が等間隔で立ち並んでいた。

「わぁ……大きいですねぇ」

怒りを忘れて思わず見入ってしまう。

「そうだ！　写真！　センセイ、写真撮ってくださいな！」

すぐに息を吹き返したようにはしゃいだ。

「撮ってどうする」

「SNSに投稿するに決まってるじゃないですか。コメントはー、大自然のパワーいただきまーすっていう感じで！」

「くだらんね」

非難しつつも虹彦は案外素直に写真を撮ってくれた。だが撮影を終えた後、流れるような手つきで潮のスマホを操作し始める。

「ちょ、ちょっとセンセイ何を……」

「代わりに投稿しといてやったぞ」

「あらそれはどうも……って、何これ！」

投稿された写真には道路の上で干からびて息絶えたミミズの群れが写っていた。

潮：大自然のパワーいただきまーす♪

「もー！　なんでー！」

そして、いつもよくて二、三個なのにこの投稿には続々とコメントといいねがついていく。なんで。

「酷《ひど》すぎます。わたしのセレブなイメージが……」

でも、せっかくいいねが多いから消さないでおこう。

「見ろ、ほとんどが木造だ」

虹彦の興味はすでに風車の方へ戻っている。

「日本はもっぱら水車文化だが、明治初期には風車も研究されていたらしいぞ。ここにはその時代のものがそのまま残っているのか」

「言われてみれば日本で風車ってあまり見かけませんね」

せいぜい近代的な風力発電用の風車くらいで、イメージとしてはオランダのものという印象だ。

「風車と書いてかざぐるまと読む方が一般的ですね」

「周囲の植物をよく見ろ。何か気づかないか？」

「話が飛びますね……植物ですか？　まあ、緑豊かで心が洗われるというか」

「違うね。色味に乏《とぼ》しいんだ。七月だというのにカラフルな花があまり目に飛び込んでこない。松、杉、銀杏、ブタクサ、青ススキ。やけに風媒花《ふうばいか》が目につく」

「風媒花……。風に種子を運んでもらう植物ですか。タンポポとか」

「タンポポは虫媒花《ちゅうばいか》だよ。君と同じ」

「まあ、タンポポみたいな女性ってこと？　センセイったら」

満更《まんざら》でもなかったが、すぐに虹彦の嫌味に気づく。

「……わたし、虫に運ばれてこの世に生を受けた覚えはありませんけど」

思わずぶるっと肩を震わせた。虫は嫌いだ。特に脚の多いタイプ。

虹彦はまた風車を見上げる。

「よっぽどいい風が吹くんだな、この町は」

「風……」

「楽しみだ。阿府沙羅祭《あふさらさい》」

その言葉とは裏腹に彼の目は不機嫌そうに、あるいは苦しげに細められている。

だがそれは椿虹彦の喜びの表情の一種なのだった。今日までの付き合いの中で少しずつわかってきたことだ。

「椿センセイ。そろそろわたしにもそのお祭りの内容を教えてくださいません？　あふ……あふ……アフロ……」

「阿府沙羅祭。覚えられないなら無理に言わなくていい」

それが今回の旅の目的だ。

「わたしが探しているお祭りがここで行われているんですよね？」

「うん？　そんなこと誰が言った？」

「え！　お待ちかねの秘祭が見つかったぞって電話でそう言ってたじゃないですか！　だからついてきたのに！」

「ぼくにとっては待ちかねた祭なんだよ。詳しく話も聞かずについていくと宣言して通話を切ったのはそっちだろう。誰もついてこいなんて言ってないのに」

「わ、わたしにはスポンサーとしてあなたの仕事ぶりを見届ける義務と権利があります。旅先で好き勝手に散財して、後で全額請求されたらたまりませんから」

「それなら君が目的とする祭じゃなくたって文句言うなよ。責任を持って当たりを引くまで同行するんだな」

「くぅぅ……！」

悔しさを必死に抑え、深呼吸をしてから再度尋ねる。

「それで、どんなお祭りなんです？」

虹彦は眼を一瞬ギラリと輝かせて真上を指差した。

「人が空を飛ぶ祭――だそうだ」

天伏町を縦断する道路は緩やかな坂道になっており、その道に絡みつくように小さな川が蛇行《だこう》して流れていた。あたりには点々と民家があり、それらからは人の生活の気配が感じられる。

コンクリート製の古そうな橋を渡ると、町の唯一と言ってよさそうな商店が見えた。

こう言ってはなんだが、いたって普通の田舎町だ。

「秘祭が行われていると言うから構えてましたけど……普通……ですね」

「覆面《ふくめん》姿の邪教徒達が鎌《かま》を持って追いかけてくるとでも思っていたのか？」

「そういうわけじゃ……ないですけど」

道路脇には今時珍しい木製の電柱が立っており、そこにセミが止まっていた。逃げ場のない直射日光にセミも参っているようだったが、それはこっちも同じだった。

「暑いわ……喉も渇いた……。さっきの商店でお水買っておけばよかった……。センセイ、タクシー拾いません？　近くにカフェはないかしら？」

「よくもまあそこまで甘えきった発言ができるもんだな」

「あ！　素敵！」

呆《あき》れている虹彦の向こうに自動販売機を発見した。

「助かったわー！」

駆け寄り、もどかしげに財布を取り出す。

「ぼくは無糖のコーヒー。ホット」

「……これも奢らせる気ですか？　しかもホットって」

「文句はあるまいね？　スポンサーくん」

「本当にありとあらゆる出費をわたしで賄《まかな》う気ね⁉」

仕方なく小銭を取り出して虹彦の分を買ってやった。

「さすがはお嬢様。腹が太くていらっしゃる」

ちっとも嬉しくない褒め言葉を受けながら、自分の飲み物を買おうと小銭をまさぐったが、二円しか残っていなかった。気を取り直して札を確かめる。一万円札の群れしかいない。

改めて自販機を確認する。千円札しか受けつけていない。

「センセイ……一万円札、崩せません？」

「答えはノーだ。ないものはない」

「そんなっ！　嘘よ！　このわたしがジュース一本買えないなんて！　待って！　あるのよ！　お金ならあるの！　ほらこの通り！　なんなら自販機ごと買い取るから！」

「フハハ！　使えなきゃ金も紙くずだな！」

潮は恋人に捨てられた女のように自動販売機に取りすがったが、もちろんどうにもならなかった。

「本当に、最悪だわ……」

再び歩き出してからも文句は止まらなかった。喉の渇きに加えて空腹感も襲ってくる。

「全ては世の中を舐めていた君の責任だ。地球が飴玉《あめだま》ならとっくになくなっているぞ」

「なんとでも言ってください。いいのよ、いざという時の備えはありますから」

潮は悔し紛《まぎ》れにショルダーバッグから芋チップスの袋を取り出した。持参したのは東京駅で買った限定の国民のお菓子。イモチの愛称で長く親しまれている。

『ラザニア芋チップス』だ。

「うーん、美味《お》しい」

一枚食べてすぐに後悔した。

「センセイ、口の中の……水分が……」

「くだらない菓子で勝手に瀕死《ひんし》になるなよ！　バカなのか君は！」

坂の終点は山の林の中に消えているが、ふとその境目のあたりに神社らしき建物が見えた。だが幟《のぼり》も提灯《ちょうちん》もない。

「なんだか殺風景ですね。お祭りがあるならもう少し飾りつけてありそうなものなのに」

独り言のようにつぶやきながら、隣を歩く虹彦を見上げる。彼の背丈は百八十センチを優に超えており、八センチのヒールを履いた潮が見上げるほどだ。

カーブミラーに並んで歩く二人が映る。

「それにしても……空を飛ぶお祭りって一体どういうものなのかしら」

先ほどの虹彦の言葉を反芻《はんすう》し、想像力を働かせようと試みる。

バンジージャンプでもするのだろうか？　そういえばあれは元々どこか南の方の国の成人の儀式だと聞いたことがある。ある意味では祭に近い気もする。

「阿府沙羅祭は一部研究者の間では古くから噂《うわさ》になっていたんだ。独自の信仰を持って神事を行う山里があるとね。当然ぼくも以前から興味を持っていた。近年発見されたある記録が実に面白くてね」

「文献か何かの記述ですか？　それはどんな？」

「脳がゾクゾクして、小説の創作意欲を刺激される記述だよ」

「……ちっともわかりません」

謎は深まるばかりだ。

「天伏町は見てわかる通り普通の小さな町だが、こと阿府沙羅祭に関してはとことん秘密主義でね。昔から足を運んだ研究者は軒並《のきな》み門前払いされてきた」

「それなら今回も門前払いされるのでは？」

「ところがだ、数年前に町の代表者、要するに地主の家の主が代替わりした。その人物は古いしきたりにばかりこだわらず、ある程度外に門を開いて町を活性化すべしとの考えを持っているらしい。もちろんすぐに伝統を変えることは難しかったようだが、それでもこのところ少しずつ祭の情報が出回るようになってきた。だから今年あたりは取材がうまくいくかもしれない」

「いくかもって……早い話がセンセイの見切り発車ですね」

「秘祭探訪なんてそんなものさ。阿府沙羅祭は三年に一度しか執《と》り行われない上に、毎回その日取りが不確定でね。七月上旬らしいという胡乱《うろん》な情報しか得られていない」

「では運が悪ければ、もうお祭りは終わってしまっているかもしれないということですか？ 見切り発車どころか行き当たりばったりじゃないですか」

「うるさいなあ。空振《からぶ》りならそれはそれで仕方ないさ。そんなこともある。また三年後だ。不服なら君一人で帰りたまえ」

「あー、そういうこと言いますか！ なら帰りの交通費は自腹でどうぞ！ わたし、同行できない限りはびた一文出資するつもりはありませんから！」

「そんなことを言うなよ。ちょっとした冗談、ジョークじゃないか。おんぶしてあげようか？」

「急にすり寄ってきた」

「機嫌を直してくれよ財布潮くん！」

「わたしそんな名字じゃない！」

　そんな言い争いをしていると、ふいに横道からセーラー服姿の少女がひょっこりと現れた。少女は二人の姿を目に留めると一瞬動きを止め、それからにこやかに会釈《えしゃく》をした。

「いぃはえで」

「……はい？」

　今、なんと言ったのだろう？　うまく聞き取れなかった。一瞬日本語にすら聞こえなかった。

「いぃはえで」

　しかし虹彦は動じた様子もなく同じ言葉を少女に返した。少女は目の前の男がその言葉を返してきたことに驚いている様子だった。

「ちょっと尋ねたいんだけど、喜崎《きざき》さんのご本家はこの先で合ってるのかな？」

　虹彦が尋ねる。喜崎というのは虹彦が言っていた村の代表者のことだろう。

「ええ、この坂をしばらく登って右に曲がって……」

　少女は坂を振り返ると指先でひょいひょいと道筋を教えようとしていたが、やがてそれをやめてはにかんだ。

「案内しましょうか。ややこしいので」

　少女を先頭に歩き出す。

「ありがとうお嬢さん」

少女の申し出に虹彦は思いの外《ほか》優しい声色で礼を言った。だが顔は特に笑っていない。愛想というものが感じられない。

秘祭に関して言えばその性質上、土地の人間は口を堅くするものだろう。となれば、取材するためにはまず警戒心を解く必要がある。だが虹彦がこの調子で今までどうやって円滑に取材を進めてきたのか、潮は心底疑問に思った。

「二人とも街から来たの？　あ、わたし、由優《ゆう》って言います」

由優は高校二年生で、この町に暮らしていると言った。

「へぇ！　椿さん、大学の先生なんですか！　すごい！　東京の人だ！」

「こっちの娘は田中です」

「潮です。椿センセイの唯一のスポンサーです」

二人の関係性が今いちよくわからなかったようで、由優は「はあ」と曖昧《あいまい》な反応を示した。潮は補足説明をしようかとも思ったが、それよりも今は気になることがあった。

「あの、さっきの不思議な挨拶《あいさつ》はなんですか？」

「ああ、いぃはえで？」

「それです」

「これは天《あま》に伝わる古い挨拶なの」

土地の人間は天伏町のことを天と呼ぶらしい。

「いぃはえで。イントネーションが独特で、よその人には変わって聞こえますよね。でも先生がすぐに返してきたからびっくりしちゃった」

虹彦は自身の研究対象が全国の祭であること、そして今日はこの町で行われる祭を取材するためにやってきたことを由優に話した。

「この土地のことはできる限り頭に入れてきたんでね。はえというのは風のことだろう？いい風が吹いていますね、というニュアンスでいいのかな？」

「はい。だいたいそんな意味です」

「この挨拶が使われるのはハレの日に限られているとも聞いたが」

「ハレ？」

耳慣れない言葉だったようで、由優が首をひねった。

「ハレの日。柳田國男《やなぎだくにお》の提唱した日常と非日常を分類した言葉ですね」

聞いたことある！　とばかりに潮が知識を披露してみせると虹彦は薄く笑った。

「ぼくの授業をただ漫然《まんぜん》と受けていたわけではないようだ」

ハレとケという言葉がある。これは日本民俗学の開拓者である柳田國男の提唱した考え方だ。彼は人々の生活を祭や儀礼といった特別な日＝ハレと、それ以外の日常生活＝ケの二つに分けて考えた。かつて人々はハレとケで生活習慣や言葉遣いをはっきり分けていたという。

「ああ、そういう意味なら確かにその通りです！　この挨拶はお祭りの期間中にだけ使われます。他は秋の収穫祭とお正月くらい、あと結婚式くらいかな。ちなみに今日は前祭《さきまつり》で、明日が本祭になります」

「二日に渡っているのか。ではちょうどいいタイミングだったな」

「でも由優さん、いいの？　わたしが言うことではないけれど、その、お祭りのことをおいそれと外の人に話してしまって。門外不出、他言無用なのでは？」

外に漏らしたことがバレたら捕まって縛り上げられて大変な罰を負わされるのではと、つい飛躍した心配をしてしまう。

「あはは。確かにわたしが小さい頃はまだそんな雰囲気でしたけど、最近じゃそこまで秘密を守る雰囲気でもなくなってきてるんですよ。喜崎さんが、あまりに前時代的だからって、少しずつみんなの意識を変えていってるんです」

やがて由優は一軒の家の前で立ち止まった。そこが喜崎家だった。立派な生垣《いけがき》に囲まれた平家で、いかにもお屋敷といった外観をしている。

ぽかんと口を開けてその屋敷を眺めていた潮だったが、ハッと我に返って取り繕った。

「ふふん。なかなか悪くないお屋敷ですね。我が家ほどではないけれど」

「何くだらないことで張り合ってんだ」

虹彦は玄関の前まで進むと躊躇いなくインターホンを押した。

たっぷり三十秒ほど待つと、中から甚兵衛《じんべえ》姿の男性が顔を出した。こちらを胡散臭《うさんくさ》げに見ている。

「あれ、由優ちゃんじゃないか」

「喜崎さん、お客さん連れてきたよ」

彼が父親からこの町の代表の座を受け継いだ喜崎修悟郎《しゅうごろう》氏だった。

由優が間を取り持ってくれ、二人は中へ上がることを許された。

「それじゃ椿先生、潮さん、ごゆっくりー」

お使いの途中だと言うので由優とはそこで別れた。

潮は内心ホッとしていた。秘祭と聞いていたからこの目で見るまでに様々な障害があるかと思っていたのだが、この調子なら楽に見物させてもらえそうだ。

通されたのは庭に面した客間だった。縁側の戸は全てきれいに引かれ、庭が一望できた。青もみじの葉の間を通った風が心地よく吹き込んでくる。

「なるほど。各地の祭を訪《たず》ね歩いておられる——と」

虹彦の自己紹介を受けて修悟郎はなんとも複雑そうな表情を見せた。

「ええ。と言ってもこれは個人的な活動でして……。はは。すみませんね。こら、潮くん……よしなさい。……潮くんやめなさい。やめろってば」

真面目な面持ちで家主と対峙《たいじ》する虹彦を尻目に、潮は出された麦茶を夢中になって飲み干していた。

「田中！　やめないか！　意地汚いぞ！」

「待って！　もう一口！　あと一口だけ！」

「そちらのお嬢さんは……」

「旅の出資者なんですが、こう見えて無類の麦茶マニアでして。無作法すみません」

「ははは。よっぽど喉が渇いていたんだなあ」

「ふう……。生き返りました。あの、違うんですよ。いつもはこんなじゃないんですわたし。育ちはいいんですよ。田中潮と申します」

「まず口元を拭《ふ》け」

潮のお嬢様としての面目は取り戻されることなく、話は本題へ移っていった。

「そういったわけで、この町で行われるという阿府沙羅祭のことを知りたく、こうしてやってきたわけです」

「あの祭をですか……。土地の者は親しみを込めてあふさらさんと呼んでおりますが、確かに伝統的に徹底して秘密を守ってきました。ですがわたしの代から前時代的な秘密主義はもうやめにしようと働きかけておりまして、おかげ様で実際伝統も変わりつつある」

「その噂を聞きつけたことが訪問のきっかけでもあります」

「だがわたしの代になってから実際に訪ねてこられた人は先生が最初です。よくまあ、こんな人里離れた町の、小さな祭に興味を持たれましたなあ」

修悟郎はいくらか薄くなった頭を撫《な》でながら、感心とも呆れともつかない表情を見せた。

「明日本祭が行われるそうですね」

「ええ。お二人が登ってこられた坂道、あれをさらに登ると阿府沙羅神社があり、その裏手から飛衣坂山《ひいさかやま》の頂上へ行けます。頂上には祭のための〝カムノクラ〟と呼ばれる高殿《たかどの》があるのですが、本祭はそこで行われます」

「あの、そもそも阿府沙羅ってどんなお祭りなんですか？」

潮には想像もつかない。

躊躇いがちに質問すると、修悟郎はにこやかに頷《うなず》いた。

「阿府沙羅とはこのあたりの山々を治める神の名だと言われています。その語源までは残念ながら記録に残っておらんのですが、伝承にはこうあります」

そう前置いて彼が語ったのは簡単に言えば次のような伝承だった。

かつて風土病に悩んでいたこの土地に天空より天女が降り立ち、妙薬を用いて直した。天女は自らをあふさらと名乗った。土地の混乱を沈め、傷を癒すと天女は再び天へと飛び去った。その後、土地の人間は天女を神として祀《まつ》るようになった。

「そしていつからか祭の行事が始まり、現在まで続いておるというわけです」

本人が積極的に村の秘密を開示していこうと考えているだけあって、修悟郎は嫌な顔もせず丁寧に教えてくれる。

「わずかに伝え聞くところでは、阿府沙羅祭では人が空を飛ぶとのことですが、これは祀る神が天女であることと関係が？」

「お祭しの通りです。今日は前祭と言って、日没以降町の者は外へ出ず、慎《つつ》ましく夜を明かして身を清めます。そうして天より神をこの土地にお招きするわけです。三年に一度訪《おとず》れる神を手厚くもてなし、土地とそこに住む者が皆健《すこ》やかで豊かであるという様を見ていただくわけですな」

「神様の家庭訪問みたいですね。でも夜に外へ出ちゃダメなんてちょっと退屈そう」

「物忌《ものい》みと呼ばれる大切な行為だよ。柳田國男は『日本の祭』の中で〝精進《しょうじん》〟とも表現している。神聖なる来訪神に人界の穢《けが》れを移さないためにそうするんだ」

「へぇ」

「君ね、これ講義でやったぞ」

「覚えてますけど？」

忘れていた。

潮が虹彦の講義を選んだのはあくまで記憶の中にある不可解な祭の調査を依頼するため

であって、他の学生のように日本の祭全般に関心があるわけではない。

修悟郎は二人のやり取りが途切れるの苦笑しながら待ち、やがて話を再開した。

「我々はそれを〝コモリ〟と呼んでおりますがね。前祭のコモリに対して本祭では、一晩逗留《とうりゅう》していただいた神様を再び天へお返しすることを目的にしています。これを〝オクリの儀〟と呼んでいます」

「そのオクリの儀の中で——人が空を飛ぶと？」

「それっていわゆるその……たとえ話ですよね？」

「いえいえ、実際飛びますよ。山頂のカムノクラからこう、スイーっと」

「スイーっと……ですか」

目を丸くする潮の様子がおかしかったのか、修悟郎は大きな口を開けて笑った。

「困惑《こんわく》するのも無理はない。だが別に神通力《じんつうりき》でもって浮遊するわけではないのです。実際に乗るのは〝ハゴロモ〟と呼ばれる手作りの乗り物で、町の中から選出された〝オクリテ〟と呼ばれる者がそれに乗り込んで、山頂のカムノクラから宙へ飛び出すのです」

「乗り物に乗って、ですか。えっとそれは……飛行機のような？」

「ざっくり言ってしまえばそうですね。覚えのある者が各々三年かけてこしらえるのですが、古くからそれをハゴロモと呼んでいるんです。この神事の歴史は古く、江戸中期にはすでに記録として残っている。昔からこの土地は地形上、風がまっすぐ吹き抜ける構造になっているようで、何かとその恩恵を受けてきました。そこから生まれた伝承であり、神事なのだろうと思っています」

「だから山に風車がたくさんあったんですね」

「ええ。水車よりも効率がよかったのです。電気が通った現在ではまともに稼働させている風車はほとんどありませんが」

――いぃはえで。

修悟郎の話は由優の教えてくれた挨拶とも繋がる。

この天伏町は風とともに生きてきた町なのだ。

「ちなみに神事とは言っても、元々は単なる風呂敷をハゴロモに見立てて広げ、パラシュートのような具合で高いところから飛び降りる、若者の度胸試しのようなものだったと言われています。死人、怪我人、当然出ました。それが時代とともに航空技術も発達して、ハゴロモは徐々に力学上安全でより遠くまで飛べる形状へと進化していった。自然、その形は鳥、ひいては現代の飛行機によく似た形へ落ち着いたというわけです」

「それって……とりにん……」

鳥人間！　と口にしかけてやめた。さすがに睨《にら》まれそうな気がする。

「改めてそのつもりで町の家々を覗《のぞ》いてみれば、製作されているハゴロモが目につくかもしれませんな。いよいよ本祭が明日に迫っておるので、皆気を張って最終調整をしていることでしょう。とは言え、人の目を楽しませるために造られるものではないので、装飾も色合いもないに等しいのですが」

「あ、そっか。秘祭なんですものね」

阿府沙羅祭は見物人を楽しませるために行う祭ではない。そのことに改めて思いいたる。東京の神田祭《かんだまつり》や青森のねぶた祭りのような、毎年数百万人の観光客が訪れるような祭と混同してはならないのだ。

「ということは喜崎さん」

しばらく黙って相手の話を聞いていた虹彦が口を開いた。

「ハゴロモを操って飛ぶという行為には優劣、もっと言えば順位が存在するわけですか」

話の途中、庭を飛んでいたトンボが部屋の中に入ってきて、三人の頭上をくるくる回った。アキアカネかもしれない。暑い季節になるとアキアカネは涼しい場所を求めて標高の高い場所へ避難すると、潮は昔テレビで見た記憶があった。

「ええ。単純な話ですが、カムノクラからの飛距離を競っています。神事の目的が降臨《こうりん》した神を再び天へと返すことなので、少しでも高く遠くまで飛ぶことを目指すのは当然のことです。選ばれたオクリテは皆、そのために三年間準備をします。そして最も遠くまで飛んだ者が向こう三年間の福を授《さず》かる。そういう取り決めになっています」

「三年間福を授かる――ですか」

「ええ。オクリテは天女の称号を与えられ、福を授かります」

修悟郎は断言した。

「それは称号や名誉といった無形のものだけではなく、現実的な形でなんらかの報酬が与えられると?」

「はい。天女の称号を得た娘は次のあふさらさんまでの間、つまり向こう三年間生活の様々な面で優遇されます。それは天女となった者の一族も対象となります」

「それは例えば、町での発言力が強くなったり?」

「平たく言えばそういうことです。それに畑仕事や地域の奉仕活動の免除はもちろん、食品、生活雑貨、衣類、ガソリンその他、町で買える品が全て無料になります。また、よその人には少々滑稽《こっけい》に感じられるかもしれませんが、天女を輩出した一族には乱暴な口を利《き》いてはならない、反論してはならないといった奇妙な風習もあります」

そこまで町ぐるみの行為となると、確かに奇妙に思える。

虹彦は修悟郎の話を逐一《ちくいち》手元の手帳にメモしていた。彼は変なところでアナログだ。と言うのも虹彦は携帯電話を持っていない。ガラケーどころか、連絡手段自体を持っていないのだ。

だから昨日潮にかかってきた電話も『さわ』の電話からだった。

携帯を持たないことについて、虹彦曰《いわ》く「誰かが常にぼくと連絡が取れる状態にあるなんて考えただけでもゾっとする」だそうだ。

「なるほど。神を天に送り返してきた者が、その神性を分け与えられて戻ってくる、と。天女という称号は伊達《だて》ではなく、本当に半ば神様扱《あつか》いしてもらえるというわけですね。となると町の人々は」

「様々な優遇措置の上に信仰心も相まって、それはもう本気で天女の座を目指します。それだけ本気で取り組むからこそ祭に熱気が加わり、長年廃《すた》れずに続いてきたわけです」

変わった風習だが、修悟郎の言葉は潮にも納得できるものだった。

この土地に限らず、今や人間誰もが社会の中で自分を特別なものにしたがっている。必死に人目を引く写真をネットに投稿し、充実ぶりや特別感をアピールしている。そうしてたくさんのフォロワーから持ち上げられ、信仰されたいと思っている。

それって、みんな神様になりたがっているみたい——と潮はそんなことを思った。それから、自分がいつの間にか阿府沙羅祭に興味を持ち始めていることに気づいた。

「センセイ、どんな祭なのかようやく想像がついてきましたね！　秘祭と言うから正直ちょっと怖い内容なのかなと思っていましたけど、なんだか楽しそうなお祭り。明日が楽しみです！」

町に到着した当初散々文句を言ったけれど、それはそれ。過去は振り返らない。

だがそれまでにこやかだった修悟郎が、そこで突如《とつじょ》苦い顔をした。

「その、申し訳ないんだがね……よその人に本祭を見せるわけにはいかないんだ」

「ええっ！　こ、ここまでお話ししてくださったのに？」

てっきり明日の本祭も見物できるものと高をくくっていたので、なんだか梯子《はしご》を外されたような気持ちになった。

「それがね……わたしなりに何年もかけて町民に理解を求めてきた結果、確かに祭に関しては随分排他性が薄れてきたんだが、それでも大切な本祭の神事を公開することに反発する声はまだまだ大きいんだ。わたし個人がこうしてあふさらさんのことを語る分にはさして問題はないんだが……さすがに参加、見物となると」

修悟郎は弱ったという様子で頭を掻きながら「それに」と小さくつぶやいた。

「前回のこともあるし……いたずらに波風を立てて神事に混乱をきたすと……天女の怒りを買うことにも……」

「前回のこと？」

「ああ……いえ……」

虹彦がその言葉を鋭く捕まえて訊き返すと、彼はすぐに自分の言葉を上書きするみたいにきっぱりとこう言った。

「悪いが今年は諦《あきら》めてください」

虹彦と潮は喜崎家を辞すると、坂道をゆっくりと下った。

「ダメだったじゃないですか！」

「だから言っただろ！　そういう時もあるって！」

すっかり当てが外れて、二人は顔を突き合わせて怒鳴り合った。

言葉の割に虹彦も悔しそうだ。

もちろん虹彦はあの後も修悟郎に粘り強く交渉をしたが、それでも結局ダメだった。わかりやすく言えば取材拒否だ。

「気になります！　わたし、ここまで話を聞いてしまったらもう何がなんでもこの目で本祭を見てみたいわ！」

「うるさいな。ぼくだって同じだよ」

虹彦は辻に転がる岩の上で膝を抱えている。空はいつしか夕焼けに染まり始めており、吹き抜ける風も一層涼しくなっていた。

「大人が拗《す》ねないでください。この後はどうします？」

尋ねながら、習慣でスマホを開いてみた。さっき投稿された〝干しミミズ〟写真に藍美からのコメントがついていた。

藍美：食うなよ。さすがに引いたわー。

「違う違う違うのよ！」

大慌てで誤解を解こうと操作したが、ネット通信が不安定で何も書き込めなかった。結局それきりこの村で通信が回復することはなかった。

「はあ……もういい時刻ですし、一度東京に戻りますか？」

「次の祭までまた三年待つのか？　ぼくは嫌だね。この椿虹彦がここまで来て引き下がれるか」

「大人が駄々《だだ》をこねないでください。それならどうするんです？」

「ツテを作るのさ」

「つまり？」

「地元の協力者を探すんだよ。見知らぬ土地での取材の基本だ。それから例のハゴロモってやつ。修悟郎さんが言っていたように、このあたりのどれかの家では明日に向けてハゴロモが造られているかもしれない。ぼくはそれも見たい」

虹彦が頑《がん》として譲《ゆず》らないので、結局その後も付き合うことになった。

しかしそれからどの家を訪ねても収穫は得られなかった。表向き住人達は普通に挨拶を返してくれたし、世間話もしてくれた。だがこと祭――それもハゴロモのこととなると途《と》端《たん》に口が重くなり、渋い表情を浮かべるのだ。

「センセイ、わたしさすがにもう歩き疲れました……。見てくださいこの痛ましい靴擦れを。わたしの足が鰹節《かつおぶし》だったとしたら今頃は……」

「黙れ。そんなに痛いなら裸足で歩けよ」

「そんなはしたないマネはできません」

せっかく思いついた面白いたとえを阻止されて、潮は頰を膨《ふく》らませた。

「グラスにダイビングする勢いで麦茶を飲んでいたくせに。それはそうと、まあちょっと待てよ。あそこの家、あそこで最後だ。それでダメならぼくも一旦諦めよう」

虹彦が指したのは他の民家から少し離れた場所にポツンと建つ、二階建ての赤い屋根の家だった。

近づいてみると、手作りらしき雨除けの下に青い軽トラックが駐められており、母屋《おもや》の裏手には蔵《くら》とも倉庫ともつかない建物が見えた。庭もなかなかに広い。

虹彦が庭先から誰何《すいか》する。返答はなかった。

「お留守ですかね？　さ、もう戻りましょ……むぎっ」

引き返しかけたところ、虹彦に襟首《えりくび》を容赦なく摑んで引き止められた。

「いや待て。何か……」

彼は何かを察知していた。

「奥の倉庫だ。多分そこに誰かいる」

潮を引っ張ってグングン奥へと進んでいく。すると倉庫の中、半分まで上げられたシャッターの奥にジーンズ姿の男が一人立っていた。

「ごめんください。ちょっと失礼しますよ」

「あれ……？　お客さんとは珍しいな」

虹彦の声に気づいた男は、ゆっくりとそのシャッターを潜《くぐ》って外に出てきた。いくらか白髪交じりの長髪を後ろで縛っている。年齢は四十前後。なかなか整った顔立ちをしているが、少々気が弱そうにも見える。

潮はハッと思い出してとっておきの挨拶を繰り出す。

「い、いぃはえで……すね！」

すると相手は「おや」と顔を綻《ほころ》ばせた。第一印象をよくすることには成功したらしい。

虹彦は突然の訪問を自分の代わりに潮に詫《わ》びさせ、自身の素性と目的を伝えた。

「大学の先生ですか」

「しかも秘祭ハンターという肩書きもお持ちです」

「秘祭ハンター？」

嬉々《きき》として虹彦の肩書きを説明した潮だが、余計なことを言うなと本人に叱《しか》られた。

「よくわからないけど、初めまして。風間《かざま》最路《さいじ》と言います」

「どうも。ちなみに今、チラっと見えたんですが、倉庫の中でされていたのはもしかしてハゴロモ造りでは？」

虹彦は早いタイミングで一気に話の核心に触れた。ここまではにこやかだったが、これで相手の態度も急変してしまうだろう——と潮は踏んでいたのだが、最路の反応は意外なものだった。

「ああ……ええ、そうなんです。み、見えちゃってましたか」

多少躊躇いは見せたものの、なんと素直に認めたのだ。虹彦は我が意を得たりとばかりにたたみかける。

「やっぱりそうでしたか。美しいフォルムが見えたのでつい引き寄せられてしまいました。あれはこの土地の風の特性をよく研究し、それに合った構造にしなければうまく飛ばせないものですか？」

よくもまあとっさにそんな言葉がすらすらと出てくる。まるで手練《てだ》れの営業マンのようだ。

だがそれが思いの外効いたようで、最路は目を輝かせて食いついてきた。

「そ、そうなんだよ！　この町……というより飛衣坂山に吹く風には細かい規則性があるんだ。一見そうとはわからないけどね。だが時間や季節や天候といった様々な要因を注意深く調べればその特性がうっすらと見えてくる。ただ闇雲にハゴロモの翼を大きく、丈夫にすればいいわけじゃない。しなやかさと軽さも重要だ。みんなはそこまで考えてないみたいだけどね。それに——」

「それにハゴロモは大前提として美しくなければならない——ですか？」

「そ、その通りだよ！　さすがは大学の先生！　よくわかっていらっしゃる！」

潮を置き去りにして大人二人が盛り上がる。小さい頃から何かと大人にチヤホヤされて育った潮としては、それがなんだか面白くなかった。

「オホン……あのー、随分ハゴロモ造りに入れ込んでいらっしゃるみたいですけど、何が風間さんをそこまで駆り立てるんですか？」

なんとか話題に入ろうとして急ごしらえの質問をぶつけてみた。

「それはもう、誰よりも遠くへハゴロモを飛ばしたい。それに尽きるよ」

「そういえば、ハゴロモには選ばれた人が乗ると聞いたんですけど、もしかして風間さんが乗るんですか？」

「まさか！　ぼくでは重すぎる。というより、その資格がない」

最路はとんでもないと言うように手を振って否定した。

「資格……というと？」

「まずオクリテは女性でなければダメなんだ」

確かに言われてみると一等は天女の称号を与えられると言われているのだから、オクリテが男では不自然だ。

「なおかつ十一歳から十六歳の……あなたのようなお嬢さんに説明するのはちょっと気が引けるんだが……平たく言うと純潔の少女でなければならない」

「なるほど。潮くんにも資格なしだな」

最路からもたらされた情報に虹彦が真面目な顔で反応した。

「失礼な人だわ！　わ、わ、わたしはまだ……」

「いや、年齢の話だが」

「………わ……わかってますけども？」

危ないところだった。

気まずい空気に最路が若干オロオロしている。きっといい人なのだろう。だがそれに比べて虹彦は――。

「いや、しかし本当に美しい。なんと言うか、無機物とは思えない生命力のようなものさえ感じます。素晴らしい腕前ですね」

勝手にシャッターを潜って倉庫に入り、ハゴロモの見学を始めている。なんという厚顔さ。

「いや……あの！　まだ最終調整中で！　というかあまり見られては……その」

最路は慌《あわ》てて虹彦の後を追って倉庫の中に入っていく。進んでハゴロモについて熱く語った手前、虹彦を無理やり追い出すこともできず困っている様子だった。

そのどさくさに紛れてちゃっかり潮も倉庫に立ち入る。中は初めて嗅《か》ぐような、独特な香りが立ち込めていた。

左側には四段組のスチールラックがあり、そこにはペンキの缶と、それからなんらかの資料だろうか、ファイルブックがずらりと並んでいた。

反対側には作業テーブルがあり、ペンチやカッターナイフ、ヤスリなど様々な工具が乱雑に置かれている。同じテーブルには人間の手を模《も》した不思議なオブジェが立てられており、その広げられた手の上にはアンティークな置き時計が収まっていた。

そんな倉庫の中心にハゴロモはあった。

「わあ……！」

思わず感嘆の声が漏れた。

幅にして四メートルほどの翼が潮の目の前に開かれていた。

翼は鮮《あざ》やかな黄色に塗られており、まるで美しい南国の鳥のようだった。修悟郎は装飾も色合いもないと言っていたが、とんでもない。

潮は航空力学というものに全く明るくないが、それでもその翼の女性的な曲線や角度には不思議な説得力を感じた。風に乗るための説得力だ。

虹彦の〝無機物とは思えない生命力〟という言葉も言いすぎではない。

他の参加者のハゴロモを見たわけではないが、この作品が素晴らしいということは潮にもなんとなくわかる。最路のハゴロモが特別なのだろうか。それとも阿府沙羅祭のハゴロモはどれもこれくらい素晴らしいのだろうか。

「きれい……」

思わずそう言葉を漏らすと最路は実に誇《ほこ》らしげに目を細めた。

「ここにオクリテが乗り込むわけですね？」

虹彦が左右の翼の真ん中に取りつけられている胴体部を指す。人一人がギリギリ乗り込める程度の小さな胴体だ。

「ふーん。別にプロペラやその他動力があるわけではないんだな。グライダーのような感じか。おや、翼の部分はビニールではないんですね？　面白いなあ。これはなんだろう……」

そうして彼はプラモデルを前に目を輝かせる少年のような具合で、ハゴロモの構造を確かめていた。さすがに虹彦のように構造に興味はなかったが、潮には一つ訊いてみたい素朴な疑問があった。

「あの、先ほど聞きそびれたんですけど、このハゴロモに乗るのはどなたなんですか？」

「実はぼくの娘なんです。今年十六なので、年齢的には今年の祭が最後の機会になる」

「娘さんですか。オクリテに選ばれたんですね！」

「今年は他に十三名の乗り手がいて、それぞれのハゴロモに乗るんだよ。でも、彼女こそ天女にふさわしい。ぼくはそう思っている」

なかなかの親バカぶりだが、だからこそ娘のためにここまでのハゴロモを造ることができたのかもしれない。

「今日まで天女の称号のために寝る間を惜しんで造ってきたんだ。明日が楽しみだよ」

最路は瞳を少年のように輝かせながら、自ら造ったハゴロモを愛《いと》おしそうに撫でる。

と――表の庭の方で人の足音がした。

「あ、噂をすれば。娘が買い物から戻ったみたいだ」

そう言って最路はシャターを潜って表へ出ていった。二人もそれに続く。

庭へ出てみると、そこにビニール袋を提げたセーラー服姿の少女が立っていた。

「お父さん、どなたかお客様？」

「あ！」

潮は思わず声をあげた。

「由優さんじゃないの」

立っていたのは喜崎の屋敷まで案内を買って出てくれた少女、由優だった。

「あれ、椿先生。と、潮さん？」

「風間さんの娘さんって由優さんでしたのね」

「なんだ由優、この人達とはもう顔見知りだったのか」

「うん。さっき道案内をしたのよ！」

虹彦の事前の調べによると天伏町の人口はおよそ三百名強。それほど広い町ではないので、奇跡的な再会というほどでもないが、由優はとても喜んでくれた。

「え！　お祭りの見学断られちゃったんですか？」

事の経緯を話すと由優は一緒になって残念がってくれた。

「喜崎さんの立場もあるからな。色々と配慮した結果だろう」

「でもお父さん、わたしはそんなに躍起《やっき》になって隠すことないと思う。何も後ろめたいお祭りでもないんだし。同じめたいでもおめでたいの方だわ」

独特な言い回しをする子だ。

若いだけあって由優は町の古いしきたりに染まってはいないらしい。

そんな若人《わこうど》に虹彦が言う。

「味方になってもらえてありがたいが、祭を隠すって行為にもそれなりの意味があるのさ」

「隠す事に意味があるっていうんですか？」

この町の人間とは言え、由優はそういったことを深く考えたことはなかったようで、興味を示した。

「現代では祭というとたくさんの見物人で賑《にぎ》わう華々しいものという印象があるだろうが、元々は信仰をともにする土地の人間だけで密やかに行われるものだった。本来我々のような、信仰を共有しない外様《とざま》の人間は異物であり、存在していなかったんだ」

「長い歴史の中でいつしか神事が興行的な側面も持つようになった、というわけですか」

虹彦の講釈に最路も興味を示す。

「また、その神秘性を守るという意味でも、祭の重要な部分を人目から隠そうとするのは自然と言えば自然なことなんだ。だからこそ、この町では目立つ場所に提灯も灯《とも》さず、幟の一つも立てていない。違いますか？」

話を振られた最路は多少戸惑いながらも頷いた。

「ええ、そうですね。みだりに人目につかないように昔から配慮されているようです。なんせ屋台も神輿《みこし》もありませんから」

「そう。阿府沙羅祭は人に見せることを想定していない」

だからこその——秘祭。

「そういう意味では、それを見せろと言い迫る、ぼくのやっていることは随分恥知らずな行為だよ」

「センセイ。珍しく殊勝《しゅしょう》な発言」

「なんてのは建前だがね！　人間恥を掻きたくないなら死ぬまで部屋に閉じこもっていればいいんだ」

「は？」

「ぼくには好奇心がある！　だからそれを満たすために大いに恥を掻いて死んでいくさ。

由優ちゃん、この潮くんを見なよ。厳しい道のりが予想されるフィールドワークに、似合いもしないブランド物を身につけてくるこの残念っぷりをもっとよく見てやってくれ。それでもこの子はなぜか堂々と歩いている。人間こうでなくちゃならない」

「あなたって人は！　どこまで！　わたしのことをっ！」

こちらの尊厳を傷つけないと話を進められないのだろうか。怒りに任せて虹彦の背中を叩く。それを見て由優は体をのけぞらせて笑った。都会育ちの潮には彼女のその純朴さが可愛《かわい》らしい。

「ところで先生達この後はどうするの？　お祭りの見学断られたんでしょう？」

幾分距離を縮めた子供っぽい口調で由優が尋ねてくる。

「正直まだ諦めきれていないんだけどね。一旦今夜は山を下りて宿でも取るさ」

「え？　でもバスはとっくに終わっちゃってますよ」

「なんだって？」

さらりともたらされた情報に虹彦と潮はそろって固まった。

「でもバス停の時刻表には……」

「ああ、あの時刻表は古いんですよ。去年一本少なくなっちゃったんだけど、まだ貼り替えてなくて」

「……あのー、ちなみにお車で下まで送ってもらう、なんてことを頼むのは……」

背中に嫌な汗を掻きながらおずおずと最路に尋ねると、彼は実に申し訳なさそうな表情を見せた。

「それが……もう日没だから……」

「日没……あ。コモリ……でしたっけ？」

町の人間は前祭の日は日没以降、家から出てはならない。

「そうなんです。こればかりはおいそれと破るわけにもいかないので……申し訳ない」

親子も困ったように顔を見合わせている。

周囲の山々から響くヒグラシの鳴き声が強くなり、同時にあたりがグッと暗くなった。

「となると今夜は適当な場所で野宿かな、蛇の一匹くらいは出るかもしれないが」

「野《の》！　嫌です！　野は嫌ー！　お風呂にも入れないなんて！」

絶望に身をよじる。もう耐えられない。発狂しそうだ。

と、暴れた拍子に開けっ放しにしていた潮のバッグから何かが落ちた。

それを目にした由優が声をあげる。

「あ！　そ、それ！　限定のラザニア芋チップス！」

「え？　ああ、これ？」

潮は戸惑《とまど》いながらもお菓子を拾い上げた。

「東京にしか売ってない限定品！」

「イモチ……す、好きなの？」

「イモチ大好き！　でもその味、近所の商店どころか、麓《ふもと》の町にだって売ってないんですよ！　いいなぁ！」

「た、食べる？」

「くれるの⁉」

「え、ええ。食べかけでもよければどうぞ」

芋チップスを差し出すと由優はそれごと潮に飛びついてきた。

「やったぁ！　お父さん、今夜二人を泊めてあげようよ！　絶対悪い人達じゃないよ！」

「え？　由優が構わないならいいけど……」

思わぬ由優からの提案に潮と虹彦は再び顔を見合わせた。

「本当ですか？　泊めてくれるの？　お風呂も？」

「二言《にごん》はありませんね？　もう取り消せませんよ？」

息はぴったりだ。

◆

「あ、あまり片付いてませんが、それでもよければ」

「それじゃいつも放課後にハゴロモで飛ぶ練習をしているのね」

「うん。練習用のハゴロモがあって、乗り手に選ばれた子はみんなそれで練習を」

時刻は夜八時。潮は由優の部屋に招かれ、女同士会話に花を咲かせていた。可愛らしい小さな丸テーブルにはよく冷えた麦茶と、ラザニア芋チップス。

夕食をご馳走《ちそう》になり、風呂もいただいた。

寝巻き代わりにと渡された由優の学校指定ジャージはどうかと思ったが、いざ袖《そで》を通してみると妙に着心地がよく、潮はすっかりリラックスしてしまった。

「これが東京限定の味……。風味が違うなあ」

「そうよ。それが東京なのよ。よく味わいなさい。いいの。全部あげる。わたしは食べ飽きてしまったから」

「さすが東京の人！」

「ほほほ」

偶然持ち合わせていたお菓子一つで、田舎の少女相手にマウントを取る。そこに躊躇いなどない。

「それにしても由優さんのお父様、大変な腕前なのね。あのハゴロモ、最初に見た時驚いちゃったわ。ハゴロモ造りの上手下手なんてわたしにはわからないけれど、なんていうか芸術作品でも見たような感覚で」

「お父さん大学生の頃人力飛行機のサークルに入っていたみたいで、ああいうのが好きなの。それに若い頃は都会で靴職人をしてたんだよ。だからかな。手先が器用で根気強いところがあって。普段はなんだか頼りないんだけどね」

父親のことをそう評して娘は、はにかんだ。

「職人さんだったのね。あら、それじゃ今は？」

「今は麓の学校で美術教師。お母さんを病気で亡くしてから故郷のこの町に引っ込んで、それからは父一人子一人」

「あら、お母様いないの」

そう口にしてから後悔し、不用意なことを尋ねた自分の口を呪った。個人的にデリカシーは大切にしたい。虹彦の分まで。

潮の表情から何か察したらしく、由優が首を振る。

「いいんですよ。わたしが三歳か四歳の頃のことで、母の記憶はほとんどないですし。あ！　母さんも昔ハゴロモのオクリテで、天女になったこともあるんだって。それがお父さんとの出会いだったとかって」

「そうなの。じゃあお祭り婚ね」

多少の気まずさから視線を部屋の中に泳がせたところ、勉強机の上の写真立てが目に入った。二人の少女が仲睦まじく並んで写っている。場所は風間家の庭先のようだ。

左側に立つのは由優だ。今よりも幼く見える。もう一人は髪の長いほっそりとした少女で、思わず息を呑むほどの美人だった。黄色いワンピースと、同じく黄色のリボンがよく似合っている。

「この子はお友達？」

写真を指して尋ねると由優はすぐに頷いた。

「幼馴染《おさななじみ》の浮田美亜《うきたみあ》って子。この写真は三年前の祭の時に撮ったの」

「仲良しなのね」

「うん。美亜はわたしとは対照的っていうか、大人しくって引っ込み思案な、でも学校の誰よりもきれいな女の子で、クラスの男子二人から同時に告白された時はもう大変で」

「ドラマみたいね！　他の写真もあるの？」

「スマホの中にいくつか」

由優は照れ臭そうにスマホを取り出し、「これは小学校の頃で……」と、説明しながら写真を見せてくれた。

なるほど確かに美人だ。由優も素朴ながら整った顔立ちをしているし、笑顔が魅力的だが、美亜はそれとは別種の、人の目を惹《ひ》きつける美しさがあった。

「美亜さんは黄色い服が好きなのね？」

いくつかの写真からそれがわかる。

「うん。よく着てた。自分は暗いところがあるからせめて明るい色の服を着るんだって」

「よく似合ってるわ。確かにこれなら男の子は放っておかないでしょうね」

「そうなんです。だから町の人はみんな美亜が天女になったらいいのにって期待してて」

「それじゃこの子もハゴロモに？」

「わたしも美亜も三年前のオクリテだったの。お互い家も近くて、子供の頃からいつも一緒で、だけどオクリテとしてはライバルだからねって――」

「前回のお祭りでも飛んだのね！　その時の結果はどうだったの？」

好奇心に任せて尋ねると、由優は「あはは」と小さく笑って天井を見上げた。

「わたし達の乗るハゴロモはどっちもお父さんが造ってくれたんだけど、わたしは全然ダメだった。カムノクラから飛び出した直後に風に煽《あお》られてバランスを崩して……気がついたら木の枝に引っかかってて。怖かったけどそれ以上に悔しくって、泣いたなあ」

「そうだったの。美亜さんは？」

「美亜はすごかったんですよ！　真っ白なハゴロモがあっという間に風を捕まえて、そのままグングン高度を上げたの。神社の屋根もその向こうの役場も飛び越えて、本当の天女みたいに飛び続けたんです！　見えなくなるくらい！」

　身振り手振りを交えた由優の語りには不思議な臨場感があり、聞いているだけでその光景をありありと想像できた。

「それじゃその年は美亜さんが天女に？」

「もちろん美亜が天女になってそれで、美亜はそのまま帰ってこなかった」

「え？」

思わぬ告白に潮は言葉を失った。突然ハゴロモの翼が折れて、真っ逆さまに落とされたような感覚だ。

「帰ってこなかったって……」

「ハゴロモは遠くどこまでも飛んだわ。それこそ過去に例のないくらいに。それで、そのままあの子の乗るハゴロモは山の谷間に消えた。大記録を目にして町のみんなは大盛り上がりだった。だけど怪我の心配もあるからって、すぐに男の人達が落下地点のあたりに探しに行ったの。それから……日没直前だったと思うんだけど、美亜のハゴロモが谷底の川のそばに落ちているのが発見された」

「美亜さんは……」

由優は首を振る。

「いなかった。どこにもいなかった。翼の折れたハゴロモだけを残して消えちゃった」

「消えた……って」

潮は深い谷の底に残された無人のハゴロモを想像し、小さく身震いした。

「消えたの。忽然《こつぜん》と。町の駐在さんや村の青年団総出で山狩りをしたんだけどそれでも発見できなくて、美亜はそれきり行方不明のまま。近くを通る川に流されたか、誰かに連れ去られたか……手がかりもなくって」

「消えた……天女……」

頭に浮かんだその言葉をポツリと口にしてから、自分の不用意な発言にまた後悔した。それからふと思い出す。修悟郎がチラリと話しかけていた『前回のこと』とはこのことだったのだ。

三年前の祭は騒然としたまま終わったという。

「わたしも美亜を探しに行きたかったけど、危険だから集会所で待ってなさいってお父さんが……。暗くなって家に戻ったら、疲れきった様子のお父さんが玄関先でうなだれていたわ。それでわたし思ったの。ああ、美亜は見つからなかったんだ。どこかへ行ってしまったんだって」

「ハゴロモを造ったのが最路さんなら、お父さんも随分ショックを受けたんでしょうね……」

「美亜は本当に小さな頃から毎日のようにこの家に遊びに来てたから、お父さんにとっても我が子同然だったんだと思う。だからか、お祭りの後からしばらくの間は工房──あの倉庫に閉じこもってしまって……わたしも近寄らせてもらえなかった」

事件のことは、事実上町の総意のような形で大っぴらにしないよう申し合わされることとなった。天伏町の謎多き祭の最中に参加者が消えたなどという話が外に広まれば、世間からどんな好奇の目を向けられるかわかったものではないと、当時の喜崎家当主が決定したらしい。

「でも……ねえ、例えば美亜さんは自分の足で町を出て行ったということは考えられない？　計画していたのか、突発的なのかはわからないけど、家出のような」

　思いついた可能性を口にしてみたが、由優は小さく首を振った。

「確かにあの頃、由優とわたしは二人になるとよく都会の生活のことを憧《あこが》れ交じりに話してた。天伏町のことはもちろん好きだけど、やっぱり東京への憧れはあって……いつか二人で町を出ようね、なんて。でもそれは子供じみた憧れだったし、あの美亜が一人でそんなことをするとは思えない」

　幼い頃からよく知っていた親友のことだ、由優のその感じ方に間違いはないだろう。

「それに、もしハゴロモの事故を利用して美亜が町を出ようとしたなら、必ず麓の町で目撃情報があったはず」

　それなら美亜はどこへ消えたというのか。彼女の魂《たましい》はまだこの天伏町のどこかをさまよっているとでもいうのだろうか。

　何を――わたし、バカげた想像を。

「あの子の両親は事件から一年くらいの間はこの町にとどまって美亜の帰りを待っていた

んだけど、二年前には奥さんが精神を病んでしまって、結局夫婦で引っ越しちゃった。失踪はしたものの、それでも天女の家族ってことで周りの人達が特別な接し方をしてくることがまた余計に辛《つら》かったみたい。実際、わたしも見ていて辛かったし……」

「……でも由優さんは今年もまたお祭りに参加するのよね？　そんな辛い出来事があったのに。最路さんもハゴロモ造りに随分熱中してるみたいだったわ」

「それは……三年経《た》って、美亜を失った悲しみを乗り越えたから……って言いたいところだけど、そんなかっこいいものじゃないの。色々あっても、生まれた町のお祭りだからない。

──結局理由はそんなものなんだ」

辛い日常《ケ》を一時忘れさせる非日常《ハレ》。

それが祭の役割の一部であるなら、人はやはりそれにすがってしまうものなのかもしれない。

「わたしだってオクリテになったからには一番……天女を目指したい。三年前は散々な結果だったし。リベンジだよ。知ってる？　天女の称号をもらうと学校でも人気者になれるんだよ」

「あら、もしかして内申点《ないしん》なんかにも関わってくるの？」

「やー、それはさすがに。でも男の子には多少モテるかも。あはは」

ようやく場が少し和《なご》んだ気がした。

その時、前触れもなく部屋のドアが開いた。二人は飛び上がって驚き、和んだ空気が霧散《むさん》した。開いたドアからにゅっと顔を出したのは風呂上がりらしき虹彦だった。

「あれ。また違う部屋だ。ここ、由優ちゃんの部屋?」

彼は頭を掻きながら部屋の中を見回す。ちらっと机の上の写真にも目を向けていたが、それについては特に何も触れなかった。

「女の子の寝室にいきなり立ち入るなんて最低ねセンセイ」

「初めての家だから迷ったんだよ。さっきからあちこちの戸を開けては引き返してるんだ」

「センセイは一階のリビングで寝る約束だったでしょう。はい、回れ右」

「田舎の家ってのはどうしてこう部屋数が多いんだろう?」

「話を聞きなさい! それに家のことをどうこう言うのは失礼でしょう。ちなみにわたしの家だってこれくらいの部屋数はあります」

「それ今言うことかね。潮くん、君友達少ないだろう? いないだろう?」

は?

「出てって! 出て行きなさい!」

たった一人の女友達が、ミミズの一件で離れてしまったかもしれない今のわたしにその言葉は効きすぎる!

二人の口論が面白かったからと、由優は無礼を笑って許してくれた。

◆

翌朝、物音に目を覚ますと、隣で寝ていた由優の姿はすでになかった。昨夜思いの外話が盛り上がり、そのまま彼女の部屋で布団を並べて眠ったのだ。由優の布団はきれいに畳まれていた。

「ふわー……ベッド以外で眠ったのなんて初めてだわ」

目をこすりながら伸びをし、部屋のカーテンを開けると外はまだ少し薄暗かった。勉強机の上の置き時計は五時過ぎを指している。

窓からは風間家の庭が一望できた。砂利の敷き詰められた庭は、わずかに朝霧がかかっている。

昨日、雨除けの下に駐められていた軽トラックが今は庭の真ん中に移動されていて、荷台の後ろのアオリが下ろされている。

「あ!」

潮は思わず窓を開けて身を乗り出した。

最路が倉庫からハゴロモを移動させている。

左右の翼部は取り外されていて、すでにトラックの荷台に乗せられていた。潮は大急ぎで着替えを済ませて階段を降り、玄関から表へ出た。

「やっと起きたか。グースカだったな」

玄関前には一分《いちぶ》の隙もなく身支度を整えた虹彦が立っていた。

「だって誰も起こしてくれないんだもの！　実家ではいつも家政婦さんが起こしてくれていたから」

「黙れグースカ」

変な渾名《あだな》をつけられた。

「危うく彼女の出発を見逃すところだったな」

「……彼女の出発？」

一拍遅れて虹彦の指す方を見ると、風間家の庭から伸びる一本道を向こうへ歩いていく由優の姿が見えた。

昨夜眠る前、明日は禊《みそぎ》のために、一足先に飛衣坂山へ向かうと由優が言っていたことを思い出す。

「由優ちゃん！　頑張ってねー！」

庭の端まで駆け出して遠くを歩く由優にエールを送った。声に気づいた由優が元気よく手を振り返す。

送り出すことができてよかったと胸を撫で下ろして改めて振り返ると、最路がハゴロモの胴体部をトラックに載せようとしているところだった。

最路は美しいひまわり色のハゴロモをその両手で優しく抱いている。その様子からは、まるで大切な我が子を扱うかのような慈愛が感じられた。この三年間娘の由優のために情熱と愛情をもって造り上げてきたことを思うと、それは当然のことのように見えた。

「朝から慌ただしくてすみません。ぼくはこれからハゴロモを山頂に運びます。お二方には大したおもてなしもできず――」

準備を終えた最路は律儀に挨拶をしてくれたが、虹彦は改めて荷台に載せられたハゴロモを興味深そうに凝視するばかりで、ほとんど聞いていないようだった。代わりに潮が頭を下げ、諸々のお礼を丁寧に述《の》べた。

こういった社交はこれまで父と母が受け持ってくれてきたので、潮はいつも後ろで黙っていればよかった。だが同行人がこの有様では今は潮が無理にでもしっかりするしかない。

「オクリの儀を見せてあげられないのは心苦しいけど、ご理解ください」

最路は申し訳なさそうにしながらトラックを発進させた。

風間家の庭に二人だけが残された。

「さて」

肝心の本祭はきっぱりと取材拒否されてしまったものの、ハゴロモの実物も見た。興味深い話も聞くことができた。もう充分ではないだろうか。

「バスを待って帰りましょうか」

潮が水を向けると、虹彦はまっすぐに潮を見つめた。

「潮くん。ぼくは山に忍び込んで秘祭を見ようと思う」

な――。

「何を言い出すんですか！　ダメって言われてるのに！　一食一飯の恩義を仇《あだ》で返すつもりですか⁉」

「知ったこっちゃない。ぼくは本気だ」

発言内容に反して虹彦の表情は妙に爽《さわ》やかで、輝く朝空のように澄んでいる。

「あと君、言葉間違ってるぞ。なんだ一食一飯って。二食食べてるじゃないか」

「……しょうがない人」

少しの間絶句した後、潮は諦めのため息をついた。

いや、実のところなんとなくわかっていた。というよりも、そろそろこの男のことがわかり始めてきていた。

「センセイならそう言うだろうと、昨夜あたりから思ってました」

「何を知った風なことを。しかし問題は潜入ルートだな。何ぶんこちらには土地勘がない。夕べかなり粘って最路さんに頼んでみたがやっぱりダメだった。ツテ作り失敗だ。まあ、彼の一存でどうこうできることじゃないから仕方がないが。本祭を見せろと、寝ている彼の耳元にも囁《ささや》き続けたのになあ」

いい大人のやることではない。

奇態《きたい》な行動に呆れるばかりだったが、潮は残念そうな彼の様子を見てニヤつかずにはいられなかった。

「ふふん。あらあら椿センセイ、ツテ作り失敗ですって？　それはどうかしら」

「……ん？　なんだその顔は」

「山頂で行われる本祭をこっそり見物できる絶好の秘密スポット、知りたい？」

「おい……おいおい……まさか君！　君ってやつは！」

「おほほ。女同士の友情を甘く見ないことね。夕べ由優ちゃんにお願いしたら、なんとこっそり教えてくれました！」

「でかしたっ！　ついに！　初めて！　役に立ったな潮くん！」

「もっと褒めてください！　潮は褒めて伸びます！」

「黙れ！　さあ、本祭が始まる前に行くぞ！」

◆

いざ立ち入ってみると飛衣坂山は険しく、深かった。ゴツゴツとした岩場も多く、頻繁《ひんぱん》に足を取られる。それでも虹彦と潮は教えられたルートでなんとか谷を渡り、頼りない谷沿いの獣道を一時間ほど登った。

道中、虹彦はこんなことを言った。

「しかし飛衣坂山とはうまい字を当てたものだ。調べによれば百年ほど前までこの山は姫《ひい》逆山《さかやま》と表記されていたらしい」

「読みは全く同じでも漢字で随分印象が変わりますね」

「姫とは天女のことだろう。逆とは真っ逆さま――天からの落下を意味するのかもしれない」

「天女の落ちてきた山？　本祭を前になんだか不吉……」

なんとも嫌な解釈に思わず表情が曇る。

「三年前の浮田美亜失踪事件と合わせて考えると、なんとも因縁《いんねん》めいて感じるな」

「ですね……って、え？　センセイ、どうしてその事件のことを知ってるんですか？」

「夕べ君らが話していたじゃないか」

「あ！　盗み聞きしてたんですね！」

「聞こえてきたんだからしょうがないだろう。別に世間に触れ回るつもりはないよ」

虹彦は当然という顔をしてそう断言した。デリカシーがあるのかないのかよくわからない人だ。

その後も登山は続いた。祈りながら山道を踏みしめる。どうか恐ろしい虫など出てきませんように。

日差しはすっかり強くなり、あたりの木々には濃い陰影が生まれていた。その向こうには緑に輝く谷が広がっている。

ふと谷の反対側の木々の隙間に、何やら不思議なものが無数に立っているのが見えた。色とりどりのそれらは風にはためき、こちらの目を惹きつける。

「幟だな」と虹彦が言った。

「やっとお祭りらしい雰囲気になってきましたね」

「あそこが頂上までの本来のルートなんだろう。山頂へ向かう町民も、天より来たる神も、あの幟を目印にしているんだ」

「そういうものですか……あっ！　センセイ！　あっち！　あれを見てください！」

講義の延長のような気持ちで話に耳を傾けていると、あるものが山頂に見えた。

思わず指を差す。山頂に異様な純白の建物が屹立《きつりつ》していた。

一見して江戸時代の城か砦《とりで》のようでもあるが、おそらくあれが修悟郎の言っていた高殿——カムノクラだろう。

目を凝《こ》らすと、カムノクラの足元付近に何か白いものが固まっているのがわかる。まるで大きな鳥が群れをなして羽を休めているようにも見える。

「ハゴロモはすっかり山頂に集められているようだ」

鳥のように見えたのはどれもハゴロモだった。その光景はとてつもなく巨大な親鳥の下に身を寄せ合う雛鳥《ひなどり》のようにも見える。夢の中の風景でも眺めているような気分だった。

「白いハゴロモばっかりですね」

昨日見せてもらった黄色いハゴロモは珍しいタイプだったらしい。

そこからさらに十五分ほど歩くと、見上げるほど大きな岩が二人の前に姿を現した。この岩の上が由優の教えてくれた秘密の見物場所だった。

「や、やっと着いた……」

その直後、乾いた音が谷に響き、幾重にもこだました。

「潮くん、もう始まってるぞ！　一つ目のハゴロモが飛び出した！」

言われて慌てて見上げる。確かに鳥のような形の物体が山の緑に浮き上がるように浮遊していた。

虹彦に急《せ》かされてヒーヒー言いながら目の前の大岩に足をかけた。日向ぼっこをしていたトカゲが脇を素早く駆けていって、心臓が止まりかけた。

上る時は苦労したが、上がってみると岩の上は平らで、まさに特等席だった。

すぐにヒールを脱いで足を休ませる。昨夜由優からもらった絆創膏《ばんそうこう》のおかげで靴擦れは多少防止できていた。

「セ、センセイ、ハゴロモは？」

「今飛んだやつならもう落下したよ。飛距離十メートルってとこだな。さっきの音は花火だな。あれを合図に飛び出すのかな」

潮は岩の上にペタンと腰をつけてハンカチで額の汗を拭《ぬぐ》った。木の葉が木陰を作ってくれていてなかなかに涼しい。谷間を山頂へと吹き抜ける風も心地よかった。虹彦は例によって手帳にメモを取っている。

「あの、カメラとかで記録しとかなくていいんですか？　後世に残す貴重な資料映像としても――」

素朴な疑問をぶつけると、虹彦は可哀想《かわいそう》な下等生物でも見るかのような視線を向けてきた。

「君はぼくのことをゴシップ雑誌の記者か何かだと思っているのか？　盗み撮った映像を世間に公開して日銭を稼ぐ、セコいジャーナリストもどきだと？」

「そ、そんなことは言ってないでしょう。なんでそうなるんですか……」

「ぼくはこの目を通して見たモノとコトを、主観的に記録、記憶したいだけだ。別に隠された文化を無理やりつまびらかにして歴史に名を残そうなんて思ってないし、何か賞が欲しいわけでも、人から尊敬されたいわけでもない。使命だとも責務だとも思ってない。ぼくは〝世界〟に対する個人的な好奇心から秘祭を訪ね歩いているだけだ。だいたい映像には感情がない。そんなものを後でいくら見返したところで感動はないし、小説のインスピレーションにもならないんだよ。世界中の人間が、誰でも無償で情報を提供してくれると思い込んでいる潮くんにはわかりもしないと思うが――」

「わかりました！　わたしが悪かったですよ！　面倒臭いっ！」

ちょっと聞いてみただけなのに、なぜそこまで言われなければならないの。

げんなりして空を見る。次のハゴロモはすぐには飛ばなかった。スポーツやイベントではなく、あくまで神事なので一つ飛ぶたびに毎回祝詞《のりと》をあげるなど、なにがしかの手順があるのかもしれない。

ここからではよく見えないが、きっとあの建物の周辺には町の人全員が集《つど》っているのだろう。

「一つ目のハゴロモの飛行を見るに、そう簡単に飛距離が出るもんじゃないみたいだな」

潮と違って虹彦はどういうわけか汗一つ掻いていない。

「由優ちゃんは何番目に飛ぶんでしょうね。あの独特の黄色いハゴロモは一目見ればすぐにわかりそうですけど」

「ところで潮くん」

ウキウキしながら話しかけたが、虹彦は潮の話題を華麗に無視して別の話題を振ってきた。

「この阿府沙羅祭は文献にもわずかな記載があるに過ぎないんだが」

「そういえば昨日町に着いた時、昔の記録がどうとか言っていましたね」

「信憑性《しんぴょうせい》のほどは定かじゃないがね。そのわずかな記録の中にこんな記述がある」

虹彦が語り始めた内容は、掻いつまんで言えば次のようなことだった。

明治二十三年――台風の翌朝、五泉町《ごせんまち》の田園に不可思議な飛行物が落下。鳥に似た其《それ》は彼方《かなた》姫逆山の方角から飛んできたと証言するのは地元農夫。翼は鳥の物にあらず。さりとて軍所有の戦闘機の類とも思えず。
噂を聞きつけ、大学の研究者が調査の為不可思議な飛行物の一部を持ち帰る。結果、翼に使われた部位の一部から人間の――。

「あれ？　二人ともどうしてここに⁉」

「わはんっ！」

突然背後で声がして、潮は声を出して驚いた。振り向くとそこに最路が立っていた。

「さ、最路さん？　あなたこそ……、あ！　いえ、わたし達はなにも祭見たさに山に忍び込んだわけではなくて……。ほらセンセイも何か言い訳を！」

焦《あせ》りながら虹彦を見ると、彼は岩場を手で叩きながら笑いをこらえていた。後で確かめたところ、潮の驚く声がツボに入っていたらしい。

「ああ、ここを教えたのは由優ですね？　この場所を知っているのはぼくら親子くらいのものだ」

「えっと、それは……」

「いいんだよ。本当はぼくも山頂で大人しくしてなきゃいけないんだけど、あの子が飛ぶところをもっといい場所から見たくてここに来たんだから」

「そうでしたか」

本当にここは特等席のようだ。

そこでパンと山頂で音がして、ようやく次のハゴロモがカムノクラの発射台から飛び出した。白い翼に太陽光が眩《まぶ》しく反射している。

機体の後方から尾長鶏《おながどり》の尾のような美しい飾りが垂れていて、それが風になびいている。似たものは最初のハゴロモにもついていた。それは文字通り天女の羽衣を模したものなのかもしれず、またそれが唯一と言っていい装飾だった。

「由優ちゃんの順番は？」

尋ねると最路はニコニコしながら「七番目です」答えた。

「だけどちょっと心配もありますよね。落下する場所によっては怪我とか……」

彼にかけた言葉はそぞろになってしまう。潮の脳裏には三年前の事件のことがよぎっていた。

「ああ、落ちちゃったか！」

最路は気にしていないようで、他のハゴロモの飛行に集中していた。

「今のは喜崎の家のハゴロモか。途中で羽の根元が折れたんだな。あーあ、接合部の強度を検討するのを怠《おこた》るから」

夏休みの工作に熱中する子供みたいだ。

しばし待つとまた次のハゴロモが飛び立った。先ほどのハゴロモとはまた少し違った羽の形状をしている。今度はなかなかの記録が期待できそうだが、徐々に右へ逸《そ》れ始めている。

「この分だとあなたの自慢のハゴロモが天女の座を獲得しそうですね」

虹彦が貼りつけたような笑顔で言った。最路はハゴロモを見上げた格好のまま「いやあ、どうでしょうね」と謙遜《けんそん》する。

「でも正直なところ自信はありますよ。きっとすごい記録を出してくれるはずだ」

「三年前に浮田美亜さんが出した大記録を上回るほどの、ですか？」

「……はい？」

「そうすれば今度こそ本当に、文句なしにあの子を天女にしてあげられる——というわけですね」

潮には虹彦の言葉をうまく理解できなかった。最路はこちらに背を向けたままだ。

「センセイったら…… いきなり何を言い出して――」

潮はこれまでに味わったことのない、ゾワゾワとした嫌な感じを首筋のあたりに感じていた。

「いや、何も大切な祭に水をさすつもりはないんだが、昨日から気になってたもので、申し訳ないね。訊く機会がなさそうならそのままにして東京へ帰るつもりだったんだけど、あんたがここに現れたもんだから」

そこで最路はようやく虹彦を振り返った。普段通りの表情をしているように見える。

「最路さん、あんたは三年前の事件の日、美亜さんの捜索に加わっていたそうだな」

「どうしてその話を……。確かにそうだけど、でも結局見つから……」

「これは半分ぼくの推測になるんだが、もしかしてその時、あんたは発見していたんじゃないですか？　ハゴロモから落下して息絶えた彼女を」

「な、何を……！」

「もちろんハゴロモが引っかかっていた場所のすぐ下に美亜さんがいたなら、一緒に探していた青年団の連中も気づいたでしょう。だがあんたが彼女を発見したのはそこから随分離れた場所だった。きっと美亜さんはコントロールが利かなくなったハゴロモから途中で振り落とされていたんだろう。それを偶然最初に発見したのがあんただった」

「ぼくが第一発見者だったと？　なぜ急にそんな話をするんです」

「美亜さんを発見したあんたは、彼女がすでに息絶えていることを悟ると、とっさにその遺体を運び、山中に隠した。その頃谷底では美亜さんの乗っていたハゴロモが発見され、他の連中は谷底を川下へ向かって捜索していただろうから、しばらく発見される心配はないと踏んだんだ。もちろんこれは計画的な行動ではないだろう。あくまで突発的な、衝動的な行動だ」

突然、矢継《やつ》ぎ早《ばや》に披露され始めた虹彦の推測に、潮は目眩《めまい》を覚えた。

何？　センセイ、なぜ急にそんなことを言い出すの？

「……もしそうなら、どうしてぼくは町の人達に知らせず、それどころか遺体を隠すような真似をしたんだろう？」

「天女に魅入《みい》られたから」

問いかけに対し、虹彦は冗談のような答えを返した。

「あんた、その時思いついてしまったんじゃないか？　美亜さんの新鮮な遺体を目にした瞬間に」

「センセイ……まさか最路さんがそんなっ！　美亜さんの遺体を持ち帰ったとでも⁉」

たまらず叫んだ。虹彦は哀《あわ》れんだ瞳でこちらを見た。

「え……？　な……なんだって言うんですか……」

潮は困惑したまま二人の男を交互に見た。

「椿先生、まさか単なる想像だけでぼくにそんな話を？」

「おいおい、いくらなんだってそれだけでこんな話を始めたりしないよ。証拠……とまではいかないが、きっかけはいくつかあった」

「というと……？」

「最初に違和感を覚えたのは最初に倉庫に入った時だ。あの時ぼくは中で妙な匂いを嗅いだ」

潮はその時のことを思い出そうとした。そう言えば、不思議な匂いがしていたような気がする。ペンキとは違う、酸っぱいような匂いが。

「思いあたるのにちょっと時間がかかったが、あれは革を染めるための染料の匂いだったんだよ。レザークラフトに使用する染料には酢酸《さくさん》が入っているからな。最路さんは昔靴職人だったんだって？」

その話も——夕べ立ち聞していたのか。

「だとして……それがどう……」

言いかけてから潮は虹彦の言わんとしていることに気づき、ゾッとした。

「それから彼の造っていたハゴロモだ。翼部分の材質が妙だった。軽量化のためにビニールを選びそうなもんだが、それとは違う材質に見えた。かといって牛や豚の革でもない。妙に薄くてなめらかで……」

「セ、セ、センセイ！　それは……まさか！　最路さんは！」

「やあ潮くん、想像が追いついてきた？　そうだよ。あれは人間の皮膚だったんだ。染料で黄色く塗られていてそうは見えなかったけどね」

「う……うう……！」

潮は思わず口元を押さえてえずいた。だがそんな潮を見ても虹彦は一切配慮などしてくれなかった。

「そして翼や胴体の骨組みは文字通り人間の骨だったのさ。もしかすると他の部位も巧みに材料として使っているかもしれないね。牛は捨てるところがないなんて言うけど、最路さんも丁寧な仕事で浮田美亜を隅々まで使ったんじゃないかな？」

潮は目に涙を溜めながら首を振った。必死に唾を飲み込みながらも、脳裏に蘇《よみがえ》っていたのは虹彦から聞かされた記録の内容だった。

噂を聞きつけ、大学の研究者が調査の為不可思議な飛行物の一部を持ち帰る。結果、翼に使われた部位の一部から人間の、それも若い女性の骨や皮と思《おぼ》しき物が検出された。

「いつどこで目にしたのか、そこまではわからないが、最路さん、あんた知っていたんじゃないのか？　古い記録の内容を」

虹彦の問いは鋭く明確なものだった。けれど最路はどちらとも答えなかった。

「この記述を読んでいなかったら、ぼくだってこんな発想にはいたっていなかったかもしれない。でも『かつて人体を用いて造られたハゴロモがあったかもしれず、かつそのハゴロモは驚くほど遠くまで飛んだ』という情報が頭の隅にあったせいで、何かにつけて結びつけて考えてしまっていたよ」

「センセイ……最路さんが思いついてしまったことって……」

「そう。美亜さんの肉体を使って最高のハゴロモを造ることだよ」

「そ……それじゃ……あれは……」

「あれが浮田美亜だったんだよ。消えたと思われていた彼女は、この三年間ずっとこの町にいたんだ」

この町に。由優のすぐそばに。

「工房に閉じこもって、あんたはさぞ勉強したんだろう。人の肉体の加工の方法を」

「椿さん、その話、なるほどと思わないでもないよ。でもぼくには一つ一つの符号を繋ぎ合わせてお話に仕立てただけのように聞こえるんだけど」

最路の口調は話の流れに全くそぐわない、穏《おだ》やかなものだった。

「言ったろ。これはぼくの推測に過ぎないって。でも最大の証拠ならあそこにある」

虹彦は山頂にあるカムノクラを指した。

「あんたがこしらえたハゴロモを詳細に調べれば、真偽ははっきりするだろう」

「大学の先生が正義感を発揮して警察にぼくを突き出すと？」

「そんな面倒なことはしないよ。これはぼくが勝手に推測しただけのことだし、ぼくは祭を拝見できればそれでいいんだ。三年も前のことに首を突っ込むつもりはないよ。さっきも言ったぞ。これはただぼくが気になってたことを、いい機会だからちょっと訊いてみたってだけのことだ。最路さんのしたことが本当でも嘘でも、ぼくはどっちでもいいぼくは――」

探偵でもなんでもないんだからな。

虹彦はキッパリとそう言った。その表情にごまかしや嘘は微塵《みじん》も感じられなかった。この男は本気でどっちでもいいと思っている。

だからだろうか。虹彦のスタンスを偽《いつわ》りないものとして受け止めたからだろうか。最路はふっと肩の力を抜いて笑った。

「黄色……よく似合っていたでしょう？」

ている。

「……え？　さ、最路さん？」

唐突な彼の言葉に潮は混乱した。だが虹彦は理解しているようで、同意するように頷いている。

「あの子の好きな色だったんですよ。黄色。明るいひまわりの色」

嘘——でしょう？

洋服の色——ハゴロモの色。

二つの色が線で繋がる。

「椿さん、都合がいいように聞こえるかもしれないけどぼくはね、何もこのまま全てを秘密にして逃げおおせようとは思ってなかったんだ。ただ今日、この日、あの子が飛ぶその瞬間まで隠しておければそれでよかった」

最路は手で庇《ひさし》を作って再び山頂を見上げる。

「あの子のハレの門出を見届けることさえできれば、ぼくはそれでよかった。でもまさか、通りすがりの秘祭ハンターさんに見抜かれるとは思わなかったよ」

「思えば最路さん、あんたは最初から美亜さんのことしか話していなかったんだな。その言葉も、視線も、仕草も、全て美亜さんに向けられていた。それをぼくらは勝手に娘の由優さんのことだと勘違いしていた」

「言ったでしょう。彼女こそ天女にふさわしいって」

最路の声は不思議なほど爽やかで、それが潮には不気味だった。

「元々美亜のことは娘の友達としか認識していなかった。確かにきれいな子ですが、それは子供達の世界での話で、ぼくにとっては引っ込み思案な、そしてそんな自分を変えたがっている、普通の女の子だった。だけどあの日……山の中で彼女を見つけた時、ぼくは美亜の本当の美しさに気づいてしまった」

最路の目は大空をさまよっている。彼は今、脳裏に鮮烈に焼きつけた、いつかの記憶を追っている。

「椿さんのご想像通り、あの日あの子はハゴロモが発見された場所とはまるで違う地点にいました。かなり手前ですでにハゴロモから落下していたんです。そしてクスノキの枝に引っかかってぶら下がっていた。不思議なことに傷一つなく、穏やかな顔で――。その姿がぼくにはまるで天女のように見えた」

「それで瞬間的に彼女を見る目が変わってしまったわけですね」

「美亜の肉体の美しさ、しなやかさは本当に素晴らしかった。皮肉なことに死を迎えたことでそれが際立って見えたんです。そしてぼくは思った。記録から考えても今年の天女は美亜で間違いない。それなのに、そんな彼女が、天女が、こんな場所で終わっていいはずがないって。だからぼくは決めた。天女は……神は……」

――天へ送り返さなければ。

「その後も椿さんの想像通りです。彼女を隠し、青年団の捜索を一旦やり過ごした後で家の工房へ運び込み、そこから三年の歳月をかけて美亜を──ハゴロモに転生させました」

「やめてください！　もう聞きたくありません！」

潮は耐えきれなくなって耳を塞ぎ、首を振った。

「あなたは……ひ、人の命を……美亜さんをなんだと思ってるんですか！　それに由優ちゃんの気持ちを……」

「潮さん、酷い話を聞かせてごめんね。だけどこれは美亜の望みでもあったんだ」

「望みって……」

「あの子はぼくに言ったんだよ。このまま死ぬのは嫌だ。怖い。天女になって空を自由に駆けて、こんな町を出て行きたいって」

「それはあなたの都合のいい妄想……幻聴で……」

怒りに任せて反論しかけたが、最路の表情からふと最悪の想像をしてしまった。

「ま、まさか……美亜さんは発見時まだ息が……」

「潮くん、深追いするのはそこまでだ！」

「でもっ！」

潮が虹彦と目を合わせた瞬間、山に七度目の花火の音が響き渡った。

サアっと、それまで感じたことのない強さの風が群れとなって吹き、潮の髪を揺らした。

三人、ほぼ同時に山頂を見上げる。

「行け……飛べ……飛ぶんだよ……天へ帰るんだ」

カムノクラからひまわり色のハゴロモが飛び出すのを見た瞬間、潮は最路の叫びを聞いた。

「飛べ！　美亜！」

◆

いい風《はえ》が吹いている。朝から頭もスッキリしているし、視界も良好。

最高のコンディションだ。

お父さんが心血を注いで造ってくれたこのハゴロモなら、きっとどこまでも飛べるだろう。

今のところ、他のオクリテのハゴロモはどれも大した記録じゃない。

今年は、今年こそはわたしが天女になってみせる。

もう美亜なんかには負けない。

美亜。美亜——。

他の女子に話を合わせることも、愛想笑いをすることもできないで、いつもいつもわたしのあとをついてきて、そのくせ可愛い可愛いと男子からもてはやされて——。
涼しい顔で天女の称号まで奪っていったあの子。
もう、負けない。
わたしはあんたを乗り越える。
乗り越えて、天女になって、それからいつかわたし一人でこの町を出るんだ。
美亜、あんたは友達だった。でももういない。死んじゃったら負けよ。
悪いけど、バイバイ。
わたしは飛ぶ。
「……行けます!」
一声かけると、背後で合図の花火が打ち上がった。
ハゴロモの取手を強く握ったまま、走る——走る。
カムノクラの大舞台から全身全霊で飛び出——。
その刹那《せつな》、わずかに——ほんのわずかに、翼がひとりでに揺れた気がした。

◆

《山中にて遺体発見》

N県中部にそびえる飛衣坂山の山中にて男性の首吊り死体が発見された。死後二週間ほど経っており、かなり腐敗が進行していたことから身元の特定が遅れたが、天伏町在住で美術教師をしていた風間最路さん（40）であると断定された。

調べを進めたところ最路さんは妻と死別した後、一人娘の由優さん（16）と暮らしていたが、先月から由優さんの行方がわからなくなっていたことが判明。しかしこの件に関して近隣住民からはなんの情報も得られていない。

警察はなんらかの事件に巻き込まれた可能性があると見て風間さん宅を捜索。自室から最路さんの日誌を発見した。日誌には日々の詳細な記録が残されており、ここから様々な情報が得られるものと期待されているが、日誌は数十冊にも及び、その内容は支離滅裂《しりめつれつ》な上に文量も膨大で解析にはしばらく時間が必要とのこと。

《海上に謎の巨鳥》

新潟県で漁師をしている佐野勝《さのまさる》さん（46）が早朝に所有の漁船で沖へ出たところ、奇妙なものを目撃した。最初に発見したのは見習いのために同乗していた息子の勝記《かつのり》さん（13）で、波間に大きな鳥が漂《ただよ》っていると訴えた。勝さんは網上《あみあ》げの途中で手が離せず、はっきりとは確かめられなかったが、確かに考えられないほど巨大な、黄色い鳥のようなものが漂っているように見えたという。

勝記さんの証言によると、鳥には何か干からびた枯れ木のようなものが引っかかっていたという。しかし謎の巨鳥は少し目を離した間に上空へ飛び去り、すぐに見えなくなったという。

※いずれも地方新聞より抜粋。

第二祭　あかぞこ祭り　――思い出せ。何も彼も――

しくじった。

坂口功《さかぐちいさお》は己の愚《おろ》かさを呪った。

彼の頭上には昭和十四年の夏雲が重くのしかかっている。

この年、支那《しな》事変を経てあちこちに召集令状が届くようになっていた。先週は三軒隣の家の長男のところにも届いた。

そして今週は功の番だった。

親は体面上誇らしいことだと喜んでいたが、功はごめんだった。

軍隊なんて嫌だ。嫌だ。真平《まっぴら》ごめんだ。国の未来を思わないではなかったが、それよりもとにかく血を見るのが嫌だ。

自分の血も他人の血も嫌だ。怖い。だって痛いだろう?

意気地がないと言われればそれまでだが、怖いものは怖い。死んだら終わりだ。

だから逃げた。生まれた村を初めて飛び出し、当てもなく逃げさまよった。そうして人目を避けて立ち入った名も知れぬ山で――完全に迷った。道を見失い、精根尽き果て、功は今二日目の夜を迎えていた。

しくじった。軍から逃げたって、結局いいことなんてなかった。辛いだけだ。

功は力尽きて沢の近くの岩場に突っ伏して震《ふる》えていた。八月だというのに山の夜は冷えた。だが震えの原因はそんなことではなかった。

俺も年貢の納め時か。あんなものが見えちゃなあ。

呆然《ぼうぜん》と見つめる視線の先には、いくつもの提灯《ちょうちん》が並び、緋色《ひいろ》に輝いている。

随分《ずいぶん》距離が離れているし、間を木々が遮《さえぎ》っているので判別しにくかったが、功には提灯のように見えた。

さらによく目を凝《こ》らすとその近くに民家らしきものがいくつも見え、人影すら目視できた。

村だ。村がある。

本来なら天の助け人の助けとばかりに這《は》ってでもそちらへ向かい、保護を頼み込むところなのだが、功はどうしてもそんな気持ちになれなかった。

絶対にあの村に近づいてはいけない。

なぜだか本能がそう訴《うった》えかけていた。

だって――。

このうろに入り込んだ時にはあそこに村なんてなかったんだ。絶対に。

一刻か半刻か、とにかくほんの少しの間、功はうたた寝をしたのだ。目を覚ますとすでに周囲は日が陰っていた。

そしてあそこに——村が現れていた。発生していた。

恐ろしい。あれはこの世のものじゃない。

震えが止まらない。

やがて空腹と疲労で功の意識は遠のいていった。その最中、功は奇妙にねじれた、恐ろしい歌を聞いた。

次に目を覚ました時にはもう朝になっていた。恐る恐る立ち上がると霞《かす》む目で前方を見た。

そこには——村などなかった。

なんだ。なんだよ。何もないじゃないか。

薄笑いを浮かべかけた時、遠くで耳鳴りのようにあのねじれた歌が聞こえた気がして、大慌《おおあわ》てでその場から逃げ出した。

気がつけば麓《ふもと》の農道だった。

死にかけている功を見つけて地元の農夫が助けてくれた。

白湯《さゆ》を胃袋へ流し込んだ後、山で見たことを伝えると農夫は眉をひそめて言った。

「あんた、そりゃあ一夜郷《いちやごう》だよ。このあたりの山に昔から伝わる話さ。だがこの土地の外の人間にあんまし言いふらさない方がいい。祟《たた》られるって話だから」

功は心の臓をキュウと摑まれたような気持ちになった。

人のいい農夫は続けて言った。

「だけど言いふらさなきゃ、そりゃ吉兆の証《あかし》でもあるってさ。あんた、大方《おおかた》招集から逃げ回ってるんだろう？　だけどきっと大丈夫さ。一夜郷を見たんなら大丈夫だ。あんたは戦場で死んだりしないよ」

農夫の言葉は当たっていた。その後、結局功は従軍したが、彼はどんな前線に送り出されても不思議と生き残った。

なぜそんなに平然としていられる。怖くないのかと戦友に尋《たず》ねられるたびにあの一夜郷のことがよぎったが、農夫の言葉を思い出して決して人には話さなかった。

戦争が終わって故郷へ戻ると、ほどなくして功は親戚の紹介で婿養子という形で妻を持ち、藪平《やぶひら》の姓となった。結婚生活は平穏《へいおん》そのもので、やがて元気な長男が生まれた。

長男が二十歳になった頃には戦争の記憶も一夜郷の記憶もすっかり薄れていた。だからか、功はふとした拍子に昔を懐かしむように、あの不思議な村のことを長男に話して聞かせた。

それから半年と経たずして、功は他界した。

◆

今年の七月は記録に残るほどの曇り続きで太陽を見る機会が少なかったが、八月に入ると夏がそれを取り戻そうとするみたいに連日かんかん照りが続いていた。しかしいくら暑かろうとも、休日の青山通り《あおやまどお》りは都会の希望に満ちていた。

実際オープンカフェから眺める通りは華やいでいて、道ゆく誰もが自信に溢《あふ》れており、湿気を含んだふくよかな日差しは町中に乱反射している。

心なしか運ばれてくるオーガニックな軽食も潮《うしお》の目には色鮮やかに見えた。冷静に考えてこれが美味しいかと問われればそれはよくわからないけれど、お洒落《しゃれ》で健康的ならなんだっていいのだ。

対面の席では髪色を個性的な色に染めた女性が気忙《きぜわ》しそうに喋《しゃべ》っている。

「だからね、言っちゃったのよあたし。そんなにあたしと付き合いたいならまずお店を独立させて成功させてよねって。そしたら彼やる気になっちゃってさ」

この、取り留めなく自分の恋愛話に花を咲かせている女性のことを、潮はよく知らない。

知っているのは比奈子《ひなこ》という名前と、潮の友達の藍美《あみ》の高校時代の友人だということと、現在この近くでアパレル関係の仕事をしているということくらいだ。

うんうん。そうねえ、なるほどねえと頑張って頷《うなず》きながら隣に座る藍美を盗み見ると退屈そうにあくびをしていた。

なんだそのあくびは。あなたがこの子を紹介してきたんでしょうに。

いや、厳密には違った。藍美と二人で気ままに買い物を楽しんでいたら偶然その店の店員が藍美のかつての学友だとわかり、半ば強引にランチをご一緒することになってしまったんだった。藍美に罪はない。

話の合間、ついでのように比奈子が質問してきた。

「で？　二人は彼氏とはうまくいってるの？」

いるっていう前提ですか。

潮は話題から逃げるように通りへ視線を泳がせた。

AB型が不足しております――。

献血車の前に掲げられた看板が目につく。

わたしAB型だ。社会のために献血に行ってこようかな今すぐ。

「ねえ潮ちゃんってば」

比奈子が笑いながらこちらの袖《そで》を引っ張る。すでにちゃん付けがスタートしていた。

「わ、わたし？　そうね、まあ……時々一緒に旅行へ行く人ならいる……かな？」

「え？　ホントに？」

激しく食いついてくる比奈子。対して藍美は「は？　嘘こけ」といった感情のこもったきつい眼差《まなざ》しを送ってくる。

いや、嘘ではない。決して。一応。

「いいじゃんいいじゃん！　どんな人？」

「しょ……小説を書いてたり？」

「嘘！　作家⁉　すごい！」

「あと……大学で講師もしてたり……」

「すごいすごい！　超優良物件じゃん！　背は高いの？　顔は？」

「百八十ちょっとかな？　顔もまあ……ちょっと強面で無愛想だけど……」

虹彦《にじひこ》のことを思い描きながら答える。嘘じゃない。嘘ではない。

「嘘でしょ。絶対嘘！」

藍美は駄々っ子みたいに机をバンバン叩いて潮の証言を否定にかかってくる。

「潮いっつも一人じゃん！　スマホにも特に誰からも連絡来てないじゃん！」

「失礼ね！　来てるわよ！　ほら見なさい！」

「宅配の人じゃないの！」

勝手知ったる二人のやり取りに多少引いた様子を見せ、比奈子もだんだんと潮の言葉を疑い始める。

「えー、嘘なの？　なーんだ」

「ほ、本当よ！　本当なんだから！　いるのよ実際に！　想像の産物でなく！　背が高くって赤毛でちょっと猫背で……ほ、ほらちょうどあんな感じの！」

と、潮は苦し紛《まぎ》れに目についた通行人を指差した。

「えー本当？　嘘臭いなー」

「ねー」

ここへ来て結束を固めつつある藍美と比奈子の反応を他所《よそ》に、指差した潮は固まっていた。

その通行人がまっすぐこちらへ近づいてきたからだ。異変に気づいた二人も「何々？」と顔を見合わせている。

とうとうその男性は三人のいるテーブルの前でやってくると、にこやかに挨拶《あいさつ》を投げかけてきた。

「やあ、いい天気だね。こんなところで会うなんて奇遇《きぐう》だな潮くん」

「セ……セ……センセイ！」

相手はあろうことか椿《つばき》虹彦本人だった。

「え！　もしかしてこの人が今言ってた人？　本気で……？」

比奈子はどこかしら敗北感をにじませた表情で虹彦を見上げている。

「あ！　この人って確かうちの大学の！」

一緒に虹彦の講義を受けた藍美も虹彦の顔を思い出したようだった。とはいえ藍美は潮が無理やり講義に付き合わせただけなので、あまり虹彦のことを覚えていない様子だったが。

「潮くんがいつも世話になっているようだね」

「センセイ……こんなところで何をしてるんですか。こんな、センセイらしくない青山《あおやま》で」

絶対用事なんてないですよね、と小声で言うと虹彦は優しく肩に手を置いて言った。

「出版社の打ち合わせのついでに立ち寄ったんだよ。ただの偶然だ」

「ならいいんですけど」

いいのだけれど、単純にこの町に似合わない。

「友達とお楽しみ中みたいだな」

「そうですよ。だから早くどこかへ行ってくださらない？」

「おや、つれないな。せっかく潮くん待望の秘祭の情報を摑んできたというのに」

「え！　本当ですか⁉」

思わず席を立ち上がってしまった。遅れて白いお洒落椅子がバタンと倒れた。

藍美も比奈子も唖然《あぜん》としている。

「ただし祭の日までもうあまり猶予《ゆうよ》がない。今日君と話しておけないなら、残念だが今回は見送るしかないかなあ」

「ま、ま、待って！　行かないで！」

とっさに立ち去りかける虹彦の裾を摑んで引き止める。

「え？　何？　別れ話？　まさかのドロドロ系？」

なぜか藍美が嬉しそうだ。

潮はバンとテーブルの上に自分の分のお金を置いて両手を合わせた。

「ごめんなさい！　大切な用事ができちゃった！　わたし先に行くね！　ちょ、ちょっとセンセイ待って！　待ちなさいってば！」

◆

「だから！　一夜郷だ！　一夜干しじゃない！　まさかそれ、わざとやってるのか？　君の鼓膜には面白ワード変換フィルターでもついてるのか？」

潮の何度目かの言い間違えに、とうとう虹彦が机を叩いた。カウンター席でコーヒーを飲んでいたサラリーマンがぎょっとして二人の方を振り返った。

「センセイが早口でどんどん先へ進んでしまうからです。もう少し初心者の立場になってゆっくり説明してください」

「あーそう。わかったよ。今度から潮くんに何かを説明する時は、キュウカンチョウに言葉を教えているつもりでゆっくり話すとしよう。あーあー、うしお、うしお、へんぺいそく。覚えたか？」

「黙りなさい！」

青山を後にして二人が落ち着いたのは結局いつもの喫茶『さわ』だった。

新たな秘祭の情報を摑んだという。

着席してすぐ、潮はもどかしい気持ちを抑えもせず虹彦に話を促したのだが、早々に口《くち》喧嘩《げんか》が始まってしまった。

彼は潮の通う房篠《ふさしの》大学の客員講師だが、怪奇作家でもあり、また秘祭ハンターでもあるという癖だらけ、謎だらけの人物だ。超個人的好奇心と、小説のインスピレーションのために秘祭を求めて全国を訪《たず》ね歩いているという、立派な変態である。

秘祭とは、様々な歴史、土地、信仰の事情から公にはされていない秘された祭のことで、潮が虹彦にとある祭を見つけて欲しいと依頼したところから二人の奇妙な関係が始まった。

「ああ黙るよ。君との無駄話は声帯の浪費だ。空費だ。もったいない」

虹彦はフォークを熱々のグラタンに差し込むと、そこからエビを拾い上げた。

この暑い季節にグラタンとはどういうつもりかしら。げんなりする。

彼は迷いなく、一度のミスもなくクリームソースの中からエビを探し当てた。まるで最初からどこにエビが隠れているか知っているみたいに。

「……エビ、最後に一気に食べるのがお好きなんじゃなかったの？」

迷った末に尋ねてみた。虹彦は憤慨《ふんがい》した。

「それはエピグラフの話だろう。グラタンを食べる時にエビを残しておくなんてセンスのないこと、ぼくがすると思うか？　思うかと聞かれても困る。質問などしなければよかった。

「はぁ。エビの哲学はもう結構です。それよりもその……い、いち……」

「一夜郷」

「そう。今度はその村に行くんですか？　センセイが行くということは、そこで秘祭が行われているということですよね？」

「当然だ。だが今回は祭の名称すらも定かじゃない」

「名前もわからない？　つまり格別に情報が少ないということですね」

「正直眉唾《まゆつば》な話だが、興味はあるから数日中には出発するつもりでいる」

「急な話ですねえ」

「ああ、急だ。それに今回はちょっと特殊だし、潮くんは東京に残って勉学にでも励《はげ》んで

「――」

「もちろんわたしもお供《とも》します」

「……君もめげないやつだな。ぼくとしては旅費だけ出してくれればいいんだけどな」

「そうはいきません。いかせません。だいたい今日話を持ちかけてきたのはそっちでしょう」

店の前の路地をすごいスピードで原付が通り過ぎていった。

「ちなみにその行っちゃえゴーゴー？　みたいな名前の村はどこにあるんですか？」

「……やっぱりわざとだよな？　な？　……一夜郷は民話としてわずかに伝えられているだけの、いわば仮の呼び名だよ。本当の名前は明らかになっていない。そして場所も定かじゃない」

「え？　そんなの訪ねようがないじゃないですか」

「ただ一夜郷はT県西部の奥深い山奥の……」

「山！　それなら木がたくさんありますよね！」

もしかしたら巨樹だって。

潮の探す祭には桜の巨樹が関係している。何かしら通じる要素はあるということだ。けれど続く虹彦の言葉に潮は大いに困惑《こんわく》することになった。

「山奥の……どこかに発生すると言われている」

「えっ？　えっ？　なんて言いました？　村がどこかに？　は、発生って……キノコや台風じゃないんですから」

困惑する潮を見て虹彦は実に愉快《ゆかい》そうに微笑む。

「ちゃんと説明してくださいよ」

「そうとしか表現できないんだよ。何せ一夜郷は一夜にして現れ、一夜にして消え去る幻《まぼろし》の村と言われているんだからな」

ちゃんと説明されて、ますますわからなくなった。

◆

八月某日、朝から在来線に揺られて二時間半、二人はT県に入ると駅前でタクシーを拾い、目的地周辺に乗りつけた。と言ってもその周辺の半径は限りなく広い。

「知り合いに一夜郷のことを長年専門に研究している藪平という人がいてね。彼はもう随分な歳で、もう自分の足では現地へ行けないというから、今回情報を提供してもらって代わりにぼくが出向いてきたんだ」

「そうですか」

潮は虹彦の言葉の半分も聞いていなかった。それよりも目の前に広がる深い森にただ圧倒されていた。自分は今からここに挑むのか。

それでも虹彦には目的地の目星がついているようで、地図と自前の手帳を見比べながらさっさと山へと入っていってしまった。本当に大丈夫なのだろうかと首を傾げながら、後ろに続いた。

「でも、改めて考えてみたら……」

潮は気づいた。

自分が探している遠い記憶の中の祭には満開の桜が登場する。今回は目的地が木々の生い茂る山奥ということから共通点を見出して同行しているけれど、よく考えてみると桜は春に咲くものだ。だが今は八月。夏だ。それどころか暦《こよみ》の上では秋だったかもしれない。だったら今回の祭に桜なんて登場するはずもないのでは？

そう思って先を進む虹彦に疑問という名の抗議をぶつけると、鼻で笑われた。

「桜は別に春に咲くというものでもないよ」

「え？　いやだって普通に考えて……」

「桜は気温で咲くんだ。つまり周囲の気温が低ければ……そうだな、十五度か二十度前後か、そのくらいでありさえすればいいんだ。北海道での開花は当たり前に五月か六月ってところだし、さらに山奥の寒冷地なら夏にだって咲くかもしれない。涼しければ夏でも咲くし、暖かければ冬にも咲くさ。そもそも桜と言ったって品種も様々あるしな」

君のオツムに咲く花と同じで一年中だよーと、虹彦は人をこバカにした態度を取る。

「だいたい君、その遠い記憶の中にある樹が間違いなく桜だったという確証はあるのか？　ないだろう？　どうせ。バカめ。だったら黙ってついてきなさい学生くん」

コテンパンに言いくるめられて潮は歯噛みすることしかできなかった。だが、確かに彼の言《げん》には一理ある。

桜だから春に行われる祭に違いないと、最初からフィルターをかけていては見つかるものも見つからない。可能性があれば虱潰《しらみつぶ》しに当たる。それが秘祭調査のコツのようなものなのかもしれない。

けれどそれはそれとして酷い言いようもあったものだ。ぶつくさ言いながら虹彦の背を追う。

進むうちにやがて道は未舗装となり、獣道《けものみち》となっていった。

それでも虹彦は行く手を塞ぐ枝を腕で払いのけ、どんどん進んでいく。ついていくのが精一杯だった。

「ちょっと……お待ちなさい。センセ……ねえ虹彦さんったら……！　ま、待ってくださーい！　いたた……足が攣《つ》りましたー！」

必死の呼びかけにようやく虹彦が振り返った。

「潮くん……君……」

「なんですか？」

「なんでまたそんな格好で来た」

指摘された潮はタータンチェック柄のシャツの上から登山用のウェアを軽く羽織っている。それはまだいい。だが足元はオリーブ色のショートパンツスタイルで、頭にはツバの広い麦わら帽子をかぶっていた。

「何か問題でも？ わたしなりに前回の反省を生かしてスカートはやめましたし、それにほら、下ろしたてのトレッキングシューズですよ」

フフン、と自慢げにポーズを取ったら額に木の実をぶつけられた。

「痛っ！ いったぁ！ 女性に木の実をぶつけるなんて！」

「かさばるだけの麦わら帽子。両足を膝まで丸出し。履《は》き慣れない新品の靴で早速靴擦れ。どこが反省しているというんだ。帰れ。森から出て行け」

森の番人みたいなことを言う。

「う……でも、あまり本格的な格好しても可愛《かわい》くないでしょう？」

「くだらんね」

取りつく島もない。

ちょうどすぐそばに苔《こけ》むした大きな岩があったのでそこへ腰をかけた。口喧嘩の最中だろうと、少しでも休んでおきたかった。

「何よ、一言くらい可愛いと褒めてくれたっていいのに。祭のことしか頭にないんだから」

愚痴《ぐち》りながら、空いている方の手に握った小枝で苔の上に落書きをする。意地悪そうな虹彦の似顔絵だ。

うん。我ながらよく描けている。

頷きながらストローに口をつけた。

虹彦がさらに質問を重ねてくる。

「ついでに訊《き》くが……触れるのもバカらしいが……それはなんだ？」

飲んでいるものを指差されて潮は途端に顔を輝かせた。

「これ！　こっちの駅で買ったんです！　山菜入りタピオカミルクティーですって。ご当地限定なんですよ。そうだ、旅の思い出に写真撮っちゃおうかな。あ、センセイも一緒に入ります？」

「黙れ。今更タピオカ？　水分補給したいなら自分で水筒を用意してこい。後でゴミになって邪魔になっても知らないぞ」

虹彦は自分のリュックサックを揺らして見せた。

「そうだわ！　それなら今度からはわたしの分もセンセイが持ってきてくださいません？　痛っ。痛っ。痛っ！　待って！　木の実はやめてっ！　耳たぶばかり狙わないで！」

「〝足手まとい〟の概念を擬人化したらちょうど潮くんみたいなのが出来上がるんだろうな。だが安心しろ。一応君はぼくの教え子だ。置き去りにしたり見捨てたりはしないよ。ぼくの人生にとってなんのメリットにもならないけどな」

「余計な誹謗《ひぼう》中傷が多すぎて素直に感謝できません」

しかしそんなやり取りがあったのも最初のうちだけで、一時間も経つとどちらもすっかり言葉数が減った。

山の中で多少気温が低いことは助けとなっていたが、運の悪いことに徐々に霧が出始めていた。湿度がぐんと上がり、潮は体力を削られた。

タピオカもすぐに底を尽き、潮の靴擦れは深刻化していった。

虹彦は渦《うず》を描くように山を散策して人家の影を見つけようとしていたが、さらに二時間が過ぎようかという頃になってポツリと言った。

「うん。見つからないな」

「えー！　そんなあっさり言わないでくださいよ！　それじゃ一体なんの勝算があってここまで来たんですか！」

「仕入れた情報では大まかにこの時期、このあたりということしかわかっていないんだ。そう簡単には見つからないさ」

「そんなぁ」

「元々ぼくは見つかるまで何度もここへ通う覚悟でいる。遊び半分でついてきた君は違ったかもしれないがね」

「む……わたしだって本気で……」

本当ならもっと威勢よく返したいところだったが、今やその元気もない。

肩で息をしながら、手近にあった木の幹に肩を預けて体を休める。

「過去の記録ではこのあたりのはずなんだが……。もしや出現するたびに微妙に位置が変わっているのかな？」

虹彦の声が遠くに聞こえる。鼓膜がジンジンする。

思えば子供の頃に別荘の近くにある高原でハイキングをしたことがあるくらいで、こんな本格的な山歩きは人生初だった。

そういえば、あの時のハイキングでも靴擦れを起こして泣いていたような気がする。痛みで泣いたというよりも、自分の踵ににじんだ血を見て怖くなったのだ。いかにも子供っぽい思い出だ。

いつの間にか潮の脳内は楽しかった思い出で満たされていた。ハッとなって頭を振る。

お手本のような現実逃避をしてしまっていた。

ダメよ潮。苦しくとも今はセンセイに食いついていかなきゃ――。

「………あれ？　センセイ？」

ふと顔を上げると目の前が真っ白になっていた。もののたとえではなく現実に。

濃霧だ。少し休んでいる間に霧が一気に濃くなっていた。

「センセイ！」

嫌な予感がして、慌てて駆け出した。

まさかはぐれた？　こんな山奥で？

「センセイったら！　どこですかー⁉」

つくづく自分は山を甘く見ていたらしい。

焦《あせ》って駆け出した直後だった。

あると思っていた場所に地面がなかった。

右足が空を切る。がくんと体が傾き、バランスを崩した。

気づかなかったが、その場所は斜面になっていた。いや、あるいは崖か、谷かもしれない。

落ちたら血が出るかな。血は、嫌いよ。

考える暇もなく潮は体のバランスを崩し、転げ落ちた。

◆

不思議な匂いのする香が山吹色《やまぶきいろ》の煙となって漂《ただよ》っている。どこからか聞こえるのは、調も拍も定かでないねじれた祭囃子《まつりばやし》と、大勢の人々の幸せそうな笑い声。

桜——だろうか。目の前に巨人のハラワタのような、大龍の蛻《ぬけがら》のような巨樹の幹がある。枝々には桃色の花がびっしりと付着している。それは頭上を覆い、挙句《あげく》四方から垂れ下がり、潮をこの場から逃すまいとしているようだ。

潮はとてもきれいな着物を着せられて、とても不気味な輿《こし》の中に入れられている。

潮は漠然《ばくぜん》と——やだな、と思った。

だって巨樹の枝のあちこちから——人が逆さまにぶら下がっているのだもの。極彩色《ごくさいしき》、色とりどりのきれいな袖を、短冊みたいに真下に垂らして揺れている。生きているのか死んでいるのかわからない。なんの意味があるのかも、わからない。

そのうちに、なんだか潮は桃色の花びらが怖くなってきた。

◆

嫌な夢。またあの嫌いな夢。

潮はまどろみの中で悪夢を振り払おうともがいた。幼い頃の、嫌な記憶だ。

かすかに覚えているだけの、夢とも現実とも定かではない不安定な記憶だ。

寝返りを打つ。ここが自室のベッドの上なら、そちら側にお気に入りのちくわぶ抱き枕があるはずだったが、頬に触れたのは硬い藁《わら》の感触だった。

「……あれ？」

一気に覚醒《かくせい》し、体を起こす。

「痛っ！」

右の足首に鈍痛がして思わず声が漏れた。

「気がついた？　うなされてたみたいだけど」

声がした。驚いてそちらを見るとそばに潮と同年代の青年が座っていた。

潮はとっさに警戒する体勢を取った。

「怖がらせちゃったかな？　俺はオルギ」

名乗った青年は控えめに笑った。初対面の相手にも警戒心を抱かせない、好感の持てる笑顔だった。

「オル……ギ？」

しかしその名前の響きはなんとも奇妙で、どんな漢字を当てればいいのかまるでわからなかった。

「倒れていた君をここまで運んできた者だよ」

「あ……そうか、わたし足を踏み外して……」

「最初に言っとくけど怪しい者じゃない。歴史学専攻の、いたって普通の大学生だよ。足には一応できる範囲の手当てはしてある。さすがにまだ痛むだろうけど安心して。折れてはいないみたいだよ。よかったね」

確かに足には添え木がしてあり、布でしっかりと固定されている。

「わたし……田中《たなか》潮と言います。足を踏み外してしまったみたいで……ありがとう。助かりました。この手当てもあなたが……？」

「だったらかっこよかったんだけどね。それは村で手当ての方法を覚えていた人にやってもらったんだ」

「村……。ここはどこかの村なんですか」

今いる場所をそろりと見回す。薄暗くて見えにくかったがそこは小屋の中のようで、潮が寝かされていたのは藁のベッドだった。

「そ、そうだわ！　まず連絡を……！」

慌てて上着のポケットを探る。けれどそこに入れていたはずのスマホがなかった。

「ない！　ない！　ない！」

お小水をする前の猫みたいにその場を四つん這いでグルグル回って探したけれど、どこにもなかった。

「睦播巳村《むつはみむら》。俺達の村だよ。君は運がよかった。あのまま誰にも見つけられなかったら遭難の可能性もあったわけだからね。それからはい、これ。一緒に落ちてたから拾っておいたよ」

焦る潮を安心させるようにオルギはそれを手渡してくれた。

「ありがとう！　よ、よかっ……」

手渡されたのはタピオカドリンクの空《から》容器だった。

「これじゃない！」

結局スマホは見つからなかった。しかしたとえあったとしても携帯そのものを携帯していない虹彦とはどの道連絡は取れない。

そう思うと不思議と妙な諦《あきら》めがついた。これが山中で一人遭難という状況だったら死活問題だったが、幸いここはどこかの村だと言うし、親や救助隊に至急連絡を取らなければ命に関わるというようなことはなさそうだ。

そんな諦めの境地を後押しするみたいに、オルギは申し訳なさそうな表情を見せる。

「スマホなくしたの？　ああ、でもこのあたり、電波も届いてないし、あっても使い物にはならないよ」

よっぽどの僻地《へきち》らしい。

「まあ、見てもらえればわかるよ。歩けそう？　ほらこっち」

オルギは腰を上げて潮を促し、先に小屋を出て行った。

続いて小屋の外へ出ると、外は夜だった。

気を失っているうちに夜になっていたようで、見上げると満天の星が輝いていた。

潮はその美しさに思わず感嘆の声をあげ、そこから視線を下ろしてまたため息を漏らした。

そこは木々の生い茂る深い森だった。だが同時にオルギの言うように村でもあった。

木々の間に家々が巧妙に建てられ、そこを人々が出入りしている。家はどれもログハウスのような木造で、中には地面から生えている木そのものを柱代わりに利用しているものもあった。

車はおろか舗装された道のようなものも一切ない。電灯の一つもない。キャンプ場のような印象を受ける。

これは確かに電波来てなさそうだわと潮は納得した。

「こ、ここって……」

闇の奥に不思議な橙色《だいだいいろ》の灯《あか》りが灯《とも》っており、それが電灯の代わりに周囲の木々や家々を照らし出していた。よく目を凝らしてみると灯りは全て木々の枝から吊るされた提灯のようなもので、見たこともない漢字が表面に書かれていた。

うろたえながらも、目の前の不思議な風景に見入った。

「き、気を失って目覚めたら……江戸時代にタイムスリップ……」

「なんでその結論になるかな」

潮としては真剣だったがオルギは呆《あき》れ返っていた。

「だ、だけどこの光景は……。令和の時代にこんな……」

「確かに現代機器の類《たぐい》はないに等しいけど、タイムスリップはないでしょ。俺も、あっちの皆も君と同じ、現代の洋服を着てるじゃないか」

言われてみればオルギの言う通りだった。誰も着物など着ていないし、髷《まげ》も結っていない。

「電気もネット環境も届いてないけど、これでも結構快適なんだよ？　ほら、すぐそこを沢が流れているから水の心配はないし、たくさん苔《こけ》を食べてよく育った鮎《あゆ》も取れる。ささやかながら水車も回ってるんだ」

彼の指差した先では確かに水車が回っており、しっかり水音も聞こえた。

「ますます江戸っぽい……」

「君面白いね。でも江戸時代は俺も好きだよ。大学での研究のテーマにしてるくらいにはね」

この人達、なんなのかしら。文明に背を向けてストイックに共同生活を送っている？

「あの、今から町まで帰れます？」

「うん。今からじゃ難しいね」

そんな気はしていた。

「皆！　お嬢さんが無事目を覚ましたよ！」

落ち込む潮を尻目に、オルギが村人達に声をかける。すると人々があちこちから集まってきて、あっという間に取り囲まれた。

提灯の灯りに照らされた数十人の顔が並ぶ。子供から老人まで様々な人がいた。

「ど、どうも……」

潮は完全に萎縮《いしゅく》していたが、村人達の顔はにこやかだった。

「あんた、無事でよかったねぇ」

「本当にね。大した怪我もなかったみたいで」

村人は口々に無事を喜んでくれた。その口ぶりと表情は穏《おだ》やかで、確かに普通の人達に見える。それどころか皆の眼差しからは慈《いつく》しみすら感じた。

「あんた山で冷えとろう？　火に当たるといいよ」

皆が集まる広場には火が焚《た》かれている。

「えらかったねえ」

火のそばにいた老婆から独特の褒め方をされた。

「いえ、別に偉くはないですが……」

「お姉ちゃん、ほらここ、座って!」

微妙な違和感に困惑する潮の手を一人の少女が引いてくれた。中学校に上がるか上がらないかくらいの年齢感で、無造作なボブヘアーが愛らしい。

「あ、ありがとう」

「わたし、アリカシ。お姉ちゃんは?」

「潮……田中潮です。……ありか、し?」

また不思議な名前だ。これがキラキラネームというものかしら。

「潮? じゃあうっちゃんだね。うっちゃん、これに懲《こ》りたらもう死のうなんて考えちゃいけないよ」

「うっちゃん? 死ぬ?」

「命を粗末にしたらダメ。男に捨てられて発作的に死に場所を探して山に入ってしまったんだよね」

「違いますけど」

「え? だってその格好、とても山歩きする人の格好じゃないし、これは自殺志願者に違いないって、みーんな言ってるよ」

「捨てられてなんかいません!」

甚《はなは》だしく名誉を傷つけられる勘違いをされている。

「そういえば！　あの人！　わたしを置いてセンセイはどこに行ったの⁉　まさか一人で山を下りたんじゃ！　見捨てないって言ったのに！　無責任な人！　許せない！」

「ああ……教師と教え子の禁断の関係か……」

「心中しようとして男に逃げられたのね……。業《ごう》ば深か」

そばで話を聞いていた夫婦らしき中年の男女が悩ましそうに唸《うな》った。

「だから違いますって！」

「別嬪《べっぴん》さんには違いないが、言われてみれば幸《さち》が薄そうだ」

「そうね。そういえばちょっとあの人に似てない？　ほら、いつだったか火をつけた――」

「お七《しち》さんだ！」

「誰⁉」

「八百屋さんとこの娘さんだよ。懐かしいなぁ！」

夫婦の会話にまったくついていけない潮だった。

その後も潮が発言すればするほど誤解は深まり、こじれていった。

救いの手を差し伸べてくれたのは、恰幅《かっぷく》のいい初老の男性だった。

「こらこらみんな、女性を取り囲んで困らせるもんじゃない」

「ああ、トーヤ。こりゃどうも」

人々は彼の言葉に素直に従い、潮から気遣わしげに距離を置いた。それだけでトーヤと呼ばれたその男が一目置かれた存在、あるいは実際に皆を取りまとめる立場にある人間であることがうかがい知れた。

トーヤの斜め後ろには白髪の老婆が控えており、じっと潮のことを見つめていた。暗がりのせいか、その表情も年齢も読み取れなかった。

「困らせてすまんね。みんな気分が高揚《こうよう》していて饒舌《じょうぜつ》になっているようだ」

「いえ。助けていただいたみたいで……」

「ああ、ワシの不肖の息子が偶然あんたを見つけたらしい」

「息子？　それじゃあなたはオルギさんのお父さん？　そうでしたか」

「本来なら町まで送り届けてやりたいんだが、今夜はそうもいかなくてね」

「今夜は？　それはどういう――」

「トーヤ。壺《つぼ》の準備が整いました」

引っかかる物言いに思わず尋ねようとしたが、それは向こうから駆け寄ってきた村の青年によって遮られてしまった。

「そうか。ちゃんと蔵に安置してあるな？」

「はい」

「ではのちほどわたしが確認しておこう」

「いよいよですね」

何やら謎めいた会話を交わしている。周囲の人々も、もう潮にはすっかり興味をなくしてしまったみたいに話に夢中になっていた。

「何よ。山奥の村にこんなに垢《あか》抜けた美少女が降臨したというのに」

悔しい潮だった。

なんとなく居場所がなかったので、人々の輪から外れて村を見て歩いた。

改めて見てもやはり不思議な村だった。そこには区画も何もなく、ただ雑然と、思い思いの場所に家が建てられている。観察してみると家々は全て木材を組み合わせた簡易的なもので、屋根には瓦の代わりに茅《かや》が乗せられているだけだった。それは到底現代の暮らしぶりには見えなかった。

足元の草は刈られ、踏みしめられているが、山の地形そのままといった様子でデコボコしている。

村自体はそれほど広くはなく、すぐに端に到達した。円形に広がる村の直径はおよそ百メートル前後で、ある場所から先には足元を覆うほどの高さの草花が生い茂っていた。それが村と外の境界線になっているようだった。

くじいた足が少し痛み始めたので近くにあった岩に腰をかけた。岩には苔が生えていて、心地いいクッションになっていた。

ほっと一息ついて、ぼうっと周囲を眺める。

あちこちにぶら下がる提灯の灯りに紛れて、チラチラと小さく光るものがあった。

「あれは……蛍《ほたる》だわ……。そっかぁ、沢が流れているから……。きれい」

自分の置かれた状況も忘れてうっとりしていると、すぐ目の前にも一匹飛んできた。天然の蛍の光を見るのはもしかすると生まれて初めてかもしれない。

とっさに捕まえようと手を伸ばす。

「……邪魔だわ、これ」

タピオカドリンクの空容器が邪魔でうまく捕まえられなかった。急いで座っている岩の上に容器を置いて改めて捕まえようとしたが、すでに蛍は飛び去った後だった。残念な気持ちとともに空容器に視線を落とす。

「わたし、なんで山にこんなの持ってきたのかしら……」

捨てようにもゴミ箱などあるはずもなかった。かと言ってこれだけ幽玄《ゆうげん》な自然の中にポイ捨てなんてできるはずもない。

ふと気配がして顔を上げる。

心臓が跳ね上がった。

いつの間にか目の前にトーヤとオルギが立っていた。

それだけではなく、よく見るといつの間にか潮を取り囲むように他の村人達も集まっていた。皆提灯の灯りを背にしているので、その表情が影になっていて読み取れない。

「あ、あの……みなさんどうされました？」

「いえね。これからこの村の大切な行事があるので」

「行事……？　そ、それってもしかしてお祭りですか？」

思わずナチュラルにそう推測してしまう。虹彦の性質が移りつつあるのかも、と思うと我ながらゲンナリした。

「あ、それで提灯がたくさん灯っているんですか？　あの、実はわたしもある村のお祭りを探してこの山へ入ったんですよ」

改めて自分の目的を告げると、周囲の村人達が一瞬ざわめいた。

「やはりか。厄介《やっかい》なことだ……」と誰かがつぶやく。そんな人々をトーヤが身振りで軽く制し、尋ねてくる。

「それはなんという村でしょう？」

「えっと、確か一夜郷という呼び名で…………あら……？」

ふと潮は岩の上に置いていた空容器の下が気になった。

そこに妙なものを見たのだ。

「え……？　あれ……？」

震える手で容器を拾い上げた。その下には美しい苔がビッシリと生えている。その苔を削り取るようにして、ある人物の似顔絵が描かれてあった。

「そんな……。どうしてこれが……ここにあるの……？」

それは現在の潮にとっては憎き男、椿虹彦の顔だった。

「これ……わたしが描いた落書き……？　どうして？」

すぐには理解が追いつかず、代わりに言いようのない恐怖が背筋を撫《な》でていった。

「そんな……。これ、あの時の岩なの？　村なんてなかったのに！　わたし、すでに……」

——ここが一夜郷。

思考を整理できないうちに背後から羽交《はが》い締《じ》めにされた。そのまま荒縄のようなもので後ろ手に縛られてしまう。

「何をするんですか！　あなた達は一体……！」

「すまんなあ。祭が終わるまでの間だけだ。大人しくしていておくれ」

言い放つトーヤの表情はさっきまでと変わらず穏やかで、それが余計に恐ろしかった。

「誰にも見せてはならぬ。知られてはならぬ。睦播巳村の掟《おきて》だ」

「親父……何も縛らなくたって……」

その時、トーヤが幾分焦ったように前へ出た。

「彼女は事故でここに紛れ込んだだけだ。それに怪我もしてる。朝まで小屋で安静にしてもらって、一人で山を下りてもらえばいいじゃないか」

「ワシもここまでするつもりはなかったさ。だがおまえがよそ者に村の案内など始めてしまうから、皆の不安が高まってしまったんだ。おまえの勝手な行動がこうさせたんだ。言ったはずだぞ。秘密を守れぬ者にくひ様を受け継ぐ資格はない。少しは成長したかと思って連れてきてやったが、やはりおまえには受け止めるだけの器《うつわ》がないようだな」

「そ、そんなことない！　親父……俺は！　俺だって……！」

「さあ、こっちへ」

「やめて！　お金？　お金ね？　お金なら払います！　から！　助けてー！」

無様《ぶざま》な抵抗も虚《むな》しく、潮は二人の屈強な若者に引きずられた。


縛られたまま連れてこられたのは、最初に目を覚ましたあの小屋だった。二人の若者は手際よく潮を中央の柱に縛りつけた。

彼らは互いをイグーとラオイーと呼び合っていた。

「あなた達、こんなことが許されると思っているの⁉　生贄《いけにえ》ね？　B級ホラー映画みたいに美しい娘を生贄にするつもりでしょう！　父が黙っていないわよ！」

わめく潮を見下ろす二人はどこか困ったような表情を浮かべていた。

「人聞きが悪いな。そんなことしないって。大切な祭を嗅《か》ぎ回られたくないだけだよ。なあ？」

「ああ。申し訳ないとは思ってるさ。でもあかぞこ祭りのことは外に漏らすわけにはいかないんだ」

「あかぞこ祭り……？」

「あれ？　その名前って言っちゃっていいんだっけ？」

「あ……ダメだったかも。いや、どうだっけな……？」

「おいおい忘れっぽいなおまえ。……ええっと、確か儀式の秘密さえ外に漏れなきゃオーケーなんだよ。多分」

「あーあ、こういう時くくひ様のお恵みがあればなあ」

どうもイグーとラオイーはあまり頭の回転が速くないらしく、おそらく重要と思われる情報を勝手に漏洩《ろうえい》していった。

どうやら命を取られるような心配はなさそうだけれど――。

二人がオロオロする様子を眺めているうちに、潮は少しずつ冷静さを取り戻していった。

しかしそれで不安が晴れるというわけでもなかった。一般市民を縛り上げて拘束している時点で、真っ当な連中でないことは確かなのだ。

考えを巡らせていると、小屋の戸口からひょいと少女が顔を覗かせた。焚き火のところで声をかけてきたアリカシだった。

「ね、じいちゃん連中が呼んでるよ」

「あ、いけね。忘れてた！　すぐ戻れって言われてたんだっけ！」

「行こう行こう！　あ、そうだ。これ、君の落とし物だろ？　ここに置いとくよ」

思い出したようにラオイーが潮のそばに置いたのは――タピオカドリンクの空容器だった。

「またこれ！　いらないわよ！　なんで律儀に置いていくの！　もういいからどこかへ捨てておいてよ！　ちょっと！」

潮の訴えも虚しく、イグーとラオイーは急ぎ足で小屋から出て行ってしまった。

二人に続いてアリカシも出て行くのかと思いきや、彼女は戸を後ろ手に閉めて意味ありげに近づいてきた。その手にランプを持っている。

「うっちゃんごめんね。急に閉じ込められてわけわかんないよね」

彼女は地面に敷かれた藁の上に腰を下ろすと、折れそうな細い足を両腕で抱え込んだ。

「アリカシちゃん、あなた達はこの村で一体何をしようとしているの？　あかぞこ祭りって一体何？」

「うっちゃんはあかぞこ祭りを調べに来た人なんだよね？」

アリカシは探るような目でこちらを見てくる。

「確かに……理由《わけ》があって調査としてこの山に入ったわ」

ただの同行者だけれど。

「だったら何も話すわけにはいかない。だって、ここのことを調べて世の中にみーんなバラしちゃうんでしょ？　テレビとかネットとかで」

「そんなことしないわ。わたしがこんなことをしている理由は個人的なことなのよ。あるお祭りを探していて、そのためにお祭りを訪ね歩いているの。だからそのあかぞこ祭りというのがわたしの探す祭じゃないならすぐに帰るわ。あなた達に迷惑はかけない」

あの秘祭ハンターは素直に帰るとは言わないだろうけど。と心の中で思った。

「……本当に？」

「本当よ」

「命懸ける？」

「お金ならいくらでも」

「ここでお金を持ち出すのは人としてどうかと思うよ」

随分年下の少女に嗜《たしな》められてしまった。

アリカシは迷っているみたいだったが、やがて吹っ切れたように頷いた。

「うん。わかったよ。ホントはよくないけど、こっそり、ちょっとだけ教えたげる」

「え？　いいの？　でも……大丈夫なの？」

「誰にも内緒だよ。うっちゃんってなんかそこまで悪い人には思えないんだよね」

そこまでって。

「それならあの……色々訊きたいことはあるんだけど、まず一つ訊いてもいい？」

「何？」

「アリカシちゃん。あなたの……村の人達の名前って……本名なの？」

「ああ、そのことね！　これはムイナだよ」

「ムイナ？」

「なんて言うか、祭の時にだけ使う嘘の名前だよ」

「ハンドルネームみたいな？」

「せやねん」

「なんで急に関西弁」

状況も忘れて思わず突っ込むと、アリカシは「にはは」と何かをごまかすように可愛く笑った。

「そうそう、ハンドルネーム。仮の名前ね」

「それじゃみんな本名は別にあるのね」

「そりゃね。さすがにこんな個性的な名前、学校でいじめられちゃうよー」

状況にそぐわない、随分現実的な話だ。

「お互い本当の名前では呼び合わない、教え合わない。古い決まりなんだって。漢字だと確か無意名って書くんだったかな？　神様の前では意味のある名前を持っちゃいけないんだって。だからわざとデタラメな言葉の組み合わせでムイナをつけるの。祭に参加する時に親が決めるの」

センセイならこのしきたりをどう解釈するだろうと潮は考える。

「わたし達はね、何も秘密で悪いことを企《たくら》んだりしてるわけじゃないんだよ。ただ自分達の古い信仰を守ってるだけなの。ほら、隠れキリシタンみたいな感じ」

江戸時代、幕府によって信仰を禁じられたキリシタン達はその信仰を頑《かたく》なに隠して後世へ繋いだ。それは現代にもわずかながら受け継がれているというが、信仰を隠すことに意味を見出し、秘密主義を貫いている人々も一部いるという。

「くくひ様を授かるために、十年に一度あかぞこ祭りを開くんだよ」

「じゅ、十年に一度⁉」

一般に祭といえば毎年のものだが、あかぞこ祭りは十年周期だと少女は、はっきりと言った。

「と、ということは……あなたは……」

「そ。わたしは祭に参加するのは今回が初めて」

「くくひ様っていうのは……あなた達が信仰している神様のようなもの？」

「うん。くくひ様は土地の神様なの。ずーっと昔から代々受け継いできたんだって。あかぞこ祭りはくくひ様を祀《まつ》って次の世代に引き継ぐために開くんだよ」

「そ、その引き継ぐとか授かるっていうのがよくわからないんだけれど、それは観念的なこと？　それとも何か御神体《ごしんたい》のようなものを引き継ぐ……とか？」

「かんねんとかはよくわかんないけど、くくひ様を親から授かると実際にそのお姿が見えるようになるんだって。いつも見えるわけじゃないらしいけど、夕暮れ時の空とか、台所のすみとか、電車の窓の外とか。時々姿をお見せになってくれるんだって。それでね、その姿は見惚《みと》れるほど神秘的できれいなんだって」

アリカシはうっとりした表情で楽しみだなぁとつぶやいた。ランプに照らされたその表情がやけに艶《なまめ》かしく、潮は言い知れぬ寒気を覚えた。

「それからね、神懸《かみが》かりになって、忘れていたことを思い出すとも言われてるんだよ！」

思い出す——？

「……それはどういう意味？」

「全部はっきり思い出すんだって」

全然わからなかった。

その時、突然小山の外で不思議な声がして、潮の思考は中断された。それは獣とも人ともつかない声だった。

思わず身を縮めた潮とは対照的に、アリカシは顔を綻ばせる。

「くくひ歌が始まった！」

歌——って。

これが？

アリカシは歌と言ったが、それはこれまで聴いたことのない類の節回しと音程で、聴いていると不安定な気持ちになった。

徐々にあちこちから他の者の声が響き、その歌に合流していく。なんと言っているのか、同じ日本語なのかどうかすらわからない。

「儀式が始まるわ！　今年はわたしが授かるの！　くくひ様を飲んで、一つになるのよ！　だからうっちゃん、ウチもう行くね！」

「あ、ちょっとアリカシちゃん！」

響く歌声に心を奪われたように、アリカシは元気よく手を振って小屋を出て行ってしまった。ランプを置いていってくれたのがせめてもの救いだったが、渦《うず》を巻くように聞こえてくるくくひ歌は、ひとりぼっちになった潮の精神をさらに圧迫した。

全身から汗が吹き出し、鼓動が速くなる。

息苦しい。背筋が寒い。

必死に動こうとするが、身動きは全く取れなかった。きっと戸も外から封じられているだろう。

なんなの。

一体なんなのよこの状況は！

ひとりぼっちになって、また不安が募ってくる。不条理な状況に対して怒りも湧いてきた。

「許せない。人権侵害だわ！」

藁の上に座り込んだまま恨み言を吐く。

「あのひねくれ男についてきたばかりにこんな目に……………美人薄命……」

「結構余裕ありそうじゃないか」

「これのどこに余裕があると………え？　そ、その声は！」

声は小屋の闇の奥から聞こえてきた。潮は縛られた状態のまま、目一杯首を振り回して小屋の奥をうかがった。

「ど、どこ？　いるのね？　いるんでしょう！」

「フハハ。スッポンみたいな動きだな潮くん」

闇から顔を出したのは予想通り椿虹彦その人だった。

「センセイ！　今までどこに行って……！　というか……どうしてここに？」

思わず叫びかけたが、外に声が漏れることを恐れて慌ててトーンダウンさせた。

「どこにって、霧が濃くなってからも山中を探し回っていたよ。だがこうしてようやく見つけることができた」

「センセイ……そこまでわたしのことを心配して」

「ああ、探し回って一夜郷を見つけることができた」

「そっちですか」

そうだ。こういう人だった。

「しかし驚いた。散々歩き回った後、一度通った場所に戻ってみたらさっき通った時には何もなかった場所に村が出来上がっていたんだからな」

「それじゃやっぱりここが探していた一夜郷で間違いないんですね」

「そのようだな。そしてぼくはとっさにこの小屋に潜《ひそ》んで夜を待った」

「え？　はい？　それじゃもしかしてわたしが山で気を失っている間もこの小屋の中にいたんですか？　ここに縛られてピンチだった時もずっと？」

「そうだ。むしろ後から君が運び込まれてきたんで驚いたくらいだ。息を潜めているのは大変だったが、おかげであかぞこ祭りに関する興味深い話を聞けたよ」

「あなたという人は！」

こういう人なのだ。

虹彦に縄を解いてもらい、ようやく人心地つくことができた。だが、外では依然としてあの不気味な歌が続いており、気分は晴れなかった。

虹彦はというと、嬉々としてその歌に耳を傾けている。

「不思議な歌だな。実に興味深い。それに睦播巳村のあかぞこ祭り……そこで受け継がれているくくひ様。どれもこれまで文献に残っていなかった情報ばかりだ。これは実にいい！　思いがけない収穫！　収穫祭だよ潮くん！　なあ？」

同意を求められても困る。

注意深く耳を傾けてみると、村人達による歌は徐々に小屋から遠ざかっていることがわかった。皆で歌いながらどこかを目指し移動しているようだ。

「でも十年に一度のお祭りなんてとんでもないですね。なんだかファンタジーという感じで」

「何言ってんだ。茨城県の御船祭《おふねまつり》は十二年に一度だし、同じく茨城の金砂《かなさ》神社で行われる磯出大祭礼《いそでたいさいれい》などは七十二年に一度きりで、人生で二度見る者は稀《まれ》だと言われているくらいだぞ。十年くらいなんだ」

これも講義で話したんだが君は端から忘れていくんだなあ、とため息交じりに言われては頬を膨らませることしかできない。

言われれば思い出すのだが、言われるまで忘れているだけなのだ。

「人はそれを忘れていると言うんだよ」

「はいはい。これからどうしましょう。今回は話してわかってくれる雰囲気じゃないですし、今のうちにこっそり抜け出して山を下りますか？」

「下りてどうする？　麓でタクシーでも拾って、深夜料金で駅まで戻ってコンビニでカップラーメンでも食べながら東京行きの始発を待つのか？　十年に一度きりの秘祭を諦めて？」

「十年くらいなんですか！　次は何をされるかわからないんですよ！　帰る！　東京帰る！」

虹彦の服の袖を両手で摑んで振り回す。

こうなれば駄々っ子にでもなんでもなってみせる。

「離せ！　ぼくは行くぞ！」

しかし訴えも虚しく、虹彦は小屋の戸を蹴破って外へ出て行ってしまった。

「おいてかないで！」

外に出ると村にはすでに人の姿はなく、残された提灯が音もなくあたりを照らしているのみだった。

少し顔を上げると暗闇の中に別の灯りの群れが見えた。列を成すそれは村人達が掲げる松明《たいまつ》だった。それが緩やかに蛇行しながら山肌を上っている。

虹彦は身を屈め、その灯火《ともしび》を目印にして進み始めた。潮も慌てて後に続く。

「あの人達どこへ向かっているんでしょうね……」

「さてね。だがあれが祭だと言うなら、あの先に彼らにとって重要な、神聖な場所があるんだろう。でなければわざわざこんな険しい場所に村を形成したりしない」

「それです！　そもそもこの村は一体なんなんですか？　昼間探した時は影も形もなかったのに。蜃気楼《しんきろう》ですか？　夢ですか？」

理不尽だわと訴えながら、空容器を振り回す。

「だから一夜郷だよ。一夜にして現れ、一夜にして消える。彼らはここで祭に向けて火を焚き、心身を浄めていたんだろう」

「わたしが気を失っている間に一から村を作っちゃったって言うんですか？　あっという間に？　みんなで大急ぎで木材を切り出して運んで組み立てたと？　そんなのありえないことが……」

「この村に建てられている家はどれも必要最低限の資材で作られた、いわばハリボテだ。そして使われている木材はどれも古い。つまり昨日今日切り出したものじゃないってことだ」

「つ、つまり？」

「つまりって言ってるのにつまりって返すなよ。だから木材はあらかじめ用意されていたんだよ。おそらくこの近くのどこか人の目につかない場所、それは今まさに彼らが向かっている場所なのかもしれないが――そこに保管してあったものを運び出したんだろう。だから一から木を切る必要も、加工する必要もない。舞台劇のセットのようなものだ。十年に一度とは言え、祭の準備のノウハウは年長者なら心得ているだろうし、人手もある。組み立てて集落のように仕立てるのに大した時間は必要ないんだろう」

「仕立てる……。それが一夜郷のからくり……ですか」

「ここはおそらく祭事のための、神を出迎えるために再現された祭場の一部なんだ。盆踊りの真ん中に建つ櫓《やぐら》みたいなものさ。祭のための一つの場であって人が実際に生活するための村じゃないから、必要にして最低限以下の見栄えと設備さえあればいい。一夜だけ村として機能すればそれで充分なんだ」

やがて松明の火は一つ二つと闇に呑《の》まれて消えていった。それは炎を消したというよりは、文字通り呑まれて見えなくなったといった様子だった。

二人は茂みに身を隠し、そこから前方の様子をうかがった。かなりわかりにくかったが、岩場に小さな洞窟《どうくつ》がポッカリと口を開けていた。闇夜の中にあってその奥は一際黒く深く見えた。

村人達は歌を歌いながら一人ずつその中へ潜《もぐ》るように入っていく。

「よし追うぞ」

全員が中へ入ったのを見届けると、虹彦は自身も躊躇わず洞窟の前に立った。

「入るのね……やっぱり入るのね……」

そんな気はしていたが、いざとなるとやっぱり怖い。吸血コウモリに首筋を咬まれて干からびる自分の姿しか想像できない。

「センセイ何型ですか？」

「血液型？　なぜ今」

「いざとなったら輸血、お願いしますね。わたしABですので」

「なんの話だ」

洞窟は膝を曲げた状態でないと進めないほど狭く、足を痛めている潮には少々きつかったが、数十メートルも進むと徐々に天井は高くなっていった。また光源のない状態では少し進むのにも苦労した。

「ほっ……よかった」

コウモリいない。

「むっ……これは」

途中で虹彦が何かに気づいて、胸ポケットから小さなペンライトを取り出した。彼は洞窟の壁面近くを照らした。そこには木製の柱のようなものが立っていた。

潮はそれに見覚えがあった。

「あら。これって鉱山の洞窟とかで組まれる崩落防止用の木枠じゃありません？」

テレビのドキュメンタリー映像で見たことがある。確か坑内支保《こうないしほ》とか言うのではなかったか。

「そっか……ここはかつて鉱山だったのね！　もしかしていまだに掘り当てられていない大量の資源が眠っていたりして……。そうよ！　村の人達は代々その秘密を守っているんだわ！　くくひ様というのは財宝のことだったのよ！　ね？　センセイ！」

「全然違うぞ田中」

「全然違いますか」

「よく見ろ。確かに形は似ているが、これは鳥居《とりい》だよ」

「鳥居？　ということは……ここは」

「神社《かみのやしろ》……なんだろうな。彼らにとっての」

洞窟はいくつか枝分かれしており、先行する村人の歌をヒントにしなければ、とても正しい順路で進むことはできそうになかった。

二人はその先で空間が横に広がった場所に出た。その分再び天井が低くなっていたが、しゃがんでいれば充分進める高さだ。

「村人はあれで全員だとは思うが、それでも他の村人が背後から追いついてきて挟まれないとも限らない。よし、ここらで彼らを追い越して先回りしよう」

「え!?　そんな冒険嫌ですよっ」

「嫌ならここに残るんだな。そして古《いにしえ》のトラップに引っかかって串刺しになるといい」

「い、行きますよ！」

なんですか古のトラップって。

地面から突き出た奇妙な岩に身を隠しながら、迂回《うかい》するようにして行列を追い越す。緊張から心臓が未体験の速度で鼓動を打っていた。

「センセイ……心臓って筋肉痛になりますかね？」

「心筋を舐《な》めるな。そしてバカなことを訊くな」

背後を気にしながらさらに奥へ進むと、ある地点で音の響き方が変わったのがわかった。どうやら前方が開けているらしい。

足元に気をつけながら先の様子をうかがってみると、下に向かって石段が続いており、その先に広間のような場所が見えた。

「わぁ。広い」

「広場を見て広いとは頭の悪い感想だな。だがここが終着点かな。グズグズもしていられない。まずは身を隠す場所を探そう」

ペンライトの小さな光を頼りに広間に降りると、広場の中央に直径およそ一メートルほどの岩が転がっているのがわかった。表面はつるりとしていて、暗闇の中でも不思議と青白く色づいて見えるような気がした。

岩は石造りの柵を用いて厳重に囲まれている。

「この岩、なんでしょうね？」

「洞窟内の岩石とは明らかに種類が違うな。外からここへ運び込んだのかな」

「その上でこの丁重な囲いよう。ただの岩じゃなさそうですね」

「ただ囲っているだけじゃない。上を見ろ」

「上？」

虹彦が頭上を照らす。釣られて見上げ、思わず「ほー」と妙な声が出てしまった。洞窟内なので当然頭上も岩で覆われている。潮に妙な声をあげさせたのはそこから生えているものだった。

一体誰がどうやって施工したのか、天井の岩石に木造の鳥居が逆さまに打ちつけられていた。

「逆鳥居《さかとりい》だな」

「逆鳥居……そんな言葉があるんですね……」

「うん。いや、今考えた」

「今考えたんですね」

虹彦のおふざけは置いておくとしても、通常逆さの状態を拝《おが》むことのない鳥居が天井からぶら下がっている様は異様そのもので、潮の目には不吉にすら映った。

「あれはどういう意図だろうな。鳥居は人界と神界の境界線であり、神の通り道だ。それがあんな場所にあるというのは……」

「センセイ、一人で何をぶつぶつ言ってるんですか。あんまりのんびりしていたら……」

「ああ……ん？」

その時虹彦は怪訝《けげん》な顔をして広間の右手奥をライトで照らした。

「どうしたんですか？」

「いや、どうも空気の流れが……」

広間の天井が松明の赤い光によって染められていく。いよいよ村人達が背後から迫りつつあった。

「センセイ早く！　隠れ場所！　わたしのために安全な隠れ場所を早く！」

「落ち着けって。あれを見ろ。扉だ」

虹彦が前方を指す。暗闇の中に格子《こうし》状の何かが見えた。最初はなんだかよくわからなかったが、近づくと格子戸であることがわかった。その手前に三段ほどの階段が備えつけられている。

「建物だな。本殿かな？　中に入れそうだ」

「なんでも！　いいですから！　早く！」

「押すな！」

二人は階段を駆け上り、おしくらまんじゅうの要領で扉の向こうへ転がり込んだ。

「早く早く早く！」

潮は驚くべき手際のよさで即座に扉を閉め、中で息を殺した。格子状の扉の外に村人達が続々と集まってくるのが見える。総勢で百名近くはいそうだ。

広場の周囲に立つ灯篭《とうろう》に一つずつ松明の火が移され、広場の全体像が浮かび上がっていく。

「自然にできた空間を利用して祭場に仕立てているのか。この神社も含めて随分古そうだ」

虹彦は早速手帳を取り出して観察を始めている。

「こんな時までセンセイったら……」

「こんな時だからこそだろう。この臨場感。現実感。ぼくはそれを堪能《たんのう》する」

「し、静かに！　わかりましたから静かにー！　全くこの人は………」

呆れて天井を見上げた潮は、言葉を失った。

「あの……あの……」

天井に異常なものを見た。潮は目を見開いたまま、虹彦の肩を叩く。

「せん……センセイセンセイセンセイ！」

「痛いぞ。なんだっていうんだ」

「うえ！　うえ！」

「怖いからって変な鳴き声をあげるなよな。え？　上？　上だって？　また逆鳥居でもあっ……これは……」

見上げた虹彦の動きが止まる。

天井には額縁《がくぶち》に収められた古めかしい絵がびっしりと、どころか、無数に折り重なるようにして飾られていた。広場に灯された光源の影響で、それらが薄ぼんやりと照らし出されている。

「なんだこれは……。この神社に奉納された絵なのか？　それにしたってこの数は……」

これには虹彦も驚きを隠せない様子で、すぐに立ち上がって観察を始めた。

「こっちは町の風景……東海道《とうかいどう》沿いかな……。こっちは桜島《さくらじま》とある。あっちのは……単なる女性の人物画？　場所もマチマチだし、どうも絵の内容に一貫性が感じられないな。おい見ろよ。絵の腕前もピンキリだ。本職の絵描きが描いたような絵もあれば、一目で素人《しろうと》の作だとわかるようなものもある。色んな人物が思い思いに描いた絵を奉納しているのかな」

それどころか描かれた時代も色々で、中には宝永《ほうえい》と記された絵もあった。

「宝永というと三百年以上前だ」

「あ、あのう……センセイ。こっちの絵に描かれている人……ここに安徳《あんとく》って書いてあるように見えるんですけど……これってあの安徳天皇……ですかね？」

潮がある絵を指差すと、虹彦はそれに引き寄せられるように近づいていった。

「……バカな。安徳天皇だって？ おい、待てよ。こんな絵がどうして残ってる？ 冗談だろう？ あるわけがない！ でなきゃ誰かのいたずらだよこれは！」

秘祭ハンターは怒りを押し殺すかのように、小さく唸った。だがその顔は笑っている。興味深くてたまらないといった表情だ。

潮が見つけたその絵に描かれていたのは、長い髭《ひげ》をたくわえた一人の老人だった。

「この老人が安徳天皇だって？ 壇ノ浦《だんのうら》で入水し、六歳の若さで世を去ったはずなのに？」

「つまりこれは歴史上ではありえない絵ってことですか……？ 誰かが想像で勝手に描いたと……？」

けれどそれにしてはこの絵からは嘘や冗談めいた匂いがしない。昨日今日戯《たわむ》れに描かれたものではない、本当に長い悠久の時を経た絵であるように見えるし、絵自体にも妙な説得力があった。

「一体なんなんだ？ 見たところどの絵もこの神社や睦播巳村の歴史を残すための絵というわけではないし……目的がわからない。なんのための絵なんだ？ これじゃまるでこの国の歴史の全てを描き残そうとしているみたいじゃないか」

もしかすると自分達は、何か得体の知れない闇に触れかけているのではないか。

考えたら身震いが止まらなくなった。これ以上深入りしてはいけない。直感がそう訴えかけていた。だが虹彦にはそんな直感などないのか、さらに生き生きとした様子で観察を続行している。

「潮くん、あれを見ろ。部屋の奥にさらに祠《ほこら》があるぞ」

「建物の中に建物ですか……。なんだか変わってますね」

「中に箱が収められている。封は……されていないな。よし」

「よしってセンセイまさか……」

そのまさかだった。虹彦はペンライトを潮に手渡すと、躊躇いなく祠の小さな扉を開けて、中に収められていた古びた箱の蓋《ふた》を開けてしまった。

「ちょ、ちょっと！　悪霊とか河童《かっぱ》とかそういうのが封印されていたらどうするんですかっ」

「だから封はされてないって。すぐに戻すから大丈夫だ。だいたいなんで河童なんだ」

中には和綴《わと》じの古めかしい書物が一冊入っているだけだった。

「さて何が書いてあるのかな？　潮くん何してるんだ。ライトを返せよ」

自分で放り投げてきたくせに。

虹彦は書物に没頭し始めた。

潮も隣から覗き込んでみたが、いかにも古文書らしいくずし字と旧漢字が並んでいるのを見てすぐに頭が痛くなった。

せめて外の様子でもうかがっていようと格子に顔を近づけた。

村人達はすっかり広場に集まり終えていた。皆思い思いの場所に立っているが、体は一様にこちら――本殿の方を向いている。バレはしないかと潮は気が気ではなかった。

よく見ると村人の中に数人、高さ二十センチにも満たない、古めかしい小ぶりな壺を大事そうに抱えている者がいた。

あれは何かしらと思ううちに、本殿の前に手際よく木製の台が用意された。一般的な神事の際に用いられる八足台《はっそくだい》と似ているが、八足ではなく七足だった。

壺を抱えた人々は順番に台の上に壺を置いていく。

「あの壺は……随分大事そうに抱えているけれど、お供え物？」

聞き耳を立てると村人達の話し声が聞こえた。

「なんだ、今年は六つか？」

「前回は八つだったのに……また減ったな」

「その前は十だった。ここ数十年は我々一族もくひ様も徐々に子宝が減っているし、受け継ぐに足る適正を持った者も、なあ……」

「あの壺ってどこで用意してるんですか？」

年長者の村人同士の会話におずおずと入ってきたのは、まだ比較的年若い青年だった。

「なんだおまえさん、知らないのか？」

「初めての参加なもんで。親父からは今年はまだ見学だけだって言われてます」

「じゃあくくひ様を授かるのはまた十年後だな。しっかり頼むぞ。で、壺か。あれはな、適正者が選ばれた家が用意して持参するんだよ。杯《さかずき》おろしって言ってな、年長者が次の世代に引き継ぐために秘薬を使ってくくひ様を降ろすんだ。そんであの壺の中で眠っていただいておく」

淀《よど》みなくなされた男の説明に、潮の背筋が冷えた。

眠っている？　あの小さな壺の中で？

くくひ様があの中に。

今年はうちの本家の爺《じい》さんも孫のために杯おろしをしたよ——と、説明を買って出た男とはまた別の男が口を開く。

「もう九十二だから遅すぎたくらいだ。前回の祭の時でもよかったんだが、息子が早くに亡くなって、孫の成長を待たなきゃならんかったからな」

潮は自分なりに彼らの話を理解しようと努めたが、やっぱりよくわからなかった。

やがて人々は徐々に口を閉ざし、洞窟内が静かになると不思議な仮面をつけた人物が前触れもなく人々を掻き分け、現れた。それは鬼でもひょっとこでもない、草の葉を巧妙に編んで作られたような、潮がこれまで見たこともないような仮面だった。

「なるほど」

背後で書物を閉じる音が聞こえた。振り返ると虹彦が例の苦々しい笑みを浮かべていた。

「フハハ。あもりしばんじゃくときたか」

「……はい？　センセイ、今のは何語ですか？」

彼は書物を手際よく元の箱に戻すと、祠の扉も閉めてしまった。

「もう読み終えたんですか？　あのミミズみたいな文字を全部？」

「当然だ。それよりも今はあっちだ。何か祭事に動きがあるみたいだぞ」

仮面の人が無言で足元を指している。次いで群衆の中から幾人かが抜け出してきた。

「あの仮面の人物は祭事の進行役といったところだな」

応じて前へ出たのはどれもまだ若い男女ばかりだった。その中にはイグーとラオイー、それにアリカシの姿もあった。

「おい！　どういうことだ！」

だがその時、一人の老人が台に安置された壺を指差し、怒りをにじませた調子で声をあげた。

「六つしかないぞ！　残りの一つはどうした！」

その言葉に他の誰かが呼応して声をあげる。

「そうだ！　ワシらが杯くだしで用意した壺は全部で七つのはずだ！」

その発言を皮切りに皆が騒ぎ始めた。

「センセイ、よくわからないけど、選ばれた人と用意された壺の数が合わなくて困ってるみたいですね」

仮面の人によって前に呼び出された人数は七名だ。壺が一つ少ない。

「こりゃどうなっとるんじゃ！『杯くだしの間』から持ち出した時はちゃんと七つあったじゃろう！」

この事態には仮面の人も慌てて面を脱ぎ、人々に訴えかけた。仮面の下から出てきたのは老人の顔だった。最初にトーヤと会った時にその後ろにいたあの老婆だ。

「大事な杯を誰が隠した！　言え！」

老婆は怒り狂っている。だが村人達は戸惑《とまど》ったように互いに顔を見合わせるばかりだ。

「だ、誰が運び役だった？　おまえじゃなかったか？」

「違う。もっと足腰のしっかりした若い奴の方がいいって誰かが……」

「結局誰が運んでたか誰もわからんのか⁉」

「なんせ暗かったもんで……。それに前回もそれで不都合はなかったし……」

「えぇーいもういい！　トーヤにお伺いをたてるぞ！」

煮えきらない村人達に業を煮やした老婆が声を荒らげた。

「トーヤ！　トーヤはおられるか！」

トーヤを探す老婆の声に、潮の隣で虹彦が反応した。

「とうや？　今あのばあさん、とうやと言ったのか？」

「え？　あー、そっか、センセイはご存知ないんですねぇ。トーヤというのはこの村の偉い人の名前なんですよ。ほら、この村ではみんな偽名を使うって話だったでしょう？」

偶然得た知識を踏ん反り返って披露したが、虹彦に軽蔑《けいべつ》の眼差しで迎えられただけだった。

「何言ってんだ潮くん。トーヤとは頭屋《とうや》のことだよ」

「え？」

「祭の執行を中心的に取り仕切る人物や家のことを指す言葉だ。講義でやっただろう」

「……覚えてますよ？　もちろんです」

二人が決まりきったやり取りをしている間に、広場ではトーヤ探しが始まっていた。

「そう言えば誰かここに来るまでの間にトーヤの姿を見たか？」

「いや。確か一足先にここへ向かっていたはずだ。そう仰《おつしや》っていたぞ」

だが、一向に本人は現れない。大事な祭の場に頭屋が立ち会っていないはずがないと、皆不審と不安の声をあげた。

「お、おいどうするんだ！　このまま祭事を続けるのか？」

「そんなわけにはいかんだろう！」

皆の混乱が最高潮に達したその時、石段の上から人の声がした。村の男のうちの一人だった。

「た、大変だあ！ トーヤがっ！」

男は激しく松明を振り、叫んだ。

「念のため入り口の近くまで探しに戻ってみたら……！ トーヤが……殺されてるぅ！」

「ええっ⁉」

その衝撃的な文言に潮は思わず声をあげてしまった。その上、格子戸に体が触れてしまい、本殿の扉が左右にゆっくりと開いていった。当然、潮の姿は丸見えになる。

百人近い村人が一斉にこちらを振り向いた。

虹彦はとっさに潮の背後に隠れた姿勢のまままたため息をついた。

「やれやれだな」

「す……みません」

「反省は後だ。反省したって許しやしないが、潮くん」

「は……はいセンセイ」

「逃げるぞ！」

「よそ者じゃ！ 犯人を逃がすなああ！」

本殿から飛び出し、駆け出した二人の背後で村人達の怒号が響いた。

「あわわわ無実ですうう！」

最悪だ。最低だ。やっぱりこうなった。こんな旅に同行していたらいつかこうなるのではと思っていたけれど、やっぱりなった。

心底怯《おび》えて本気で走る。だがいかんせんくじいた足がついてきてくれなかった。すぐに虹彦に遅れをとってしまう。

「飛び出したのはいいですけど、どこに逃げるんですか⁉　来た道は大勢に塞がれてますけど！」

「こっちだ！」

虹彦は迷いのない強い力で潮の手を引いた。導かれたのは広場の右奥だった。進んでみると、行き止まりかと思われたその先にはさらに通路が続いていた。

「さっき空気の流れを感じたんだ。この先も外に通じているらしいぞ！　無事出られるかどうかは一か八かだが、ここから行こう！」

反対も賛成もなかった。選択肢も余裕も潮にはなかった。村人は大挙《たいきょ》して押し寄せてくる。

「ほら潮くん！　頑張れ！　走れ！」

「せ、センセイー！」

「諦めるな！　必ず一緒に生きて東京へ帰ろう！」

「ちょっと！　素敵なこと言いながらグングン先に行かないでください！」

死に物狂いで抗議する。虹彦は面倒臭そうに振り返ると、潮をひょいと担《かつ》ぎ上げた。

「椿センセイ……！」

「大事な財布をこんなところで失うわけにはいかん」

「財布……」

「財布にしては持ち運びにくいがな。あといい機会だから教えとくけど、ぼくは人のためにする肉体労働が何よりも嫌いなんだ」

虹彦の軽口に反撃する余裕もなく、潮は彼の首に必死でしがみついていた。

「壺を返せえええ！」

村人達は口々にそう叫び、松明を振り回している。その声はあちこちに反響して人の声とは思えない響きをまとっていた。

逃避行の最中、潮は彼の意味深な言葉を耳にした。

「ふはは。とんだアクシデントだが、睦播巳村とあかぞこ祭りの全容は概《おお》ね摑《む》めたし、あとは無事に逃げきればぼくの勝ちだな」

◆

「なあ潮くん、今世界中の海では毎年一万個のコンテナが海底に沈んでいるらしいぞ」

注ぎたてのコーヒーの香りを楽しみながら虹彦はそんなことを言い出した。

「ホントですかあ？　なんだか眉唾《まゆつば》な話ですね」

「正確な数は別にしても、実際貨物船で運んでいるコンテナの数を考えればありえるかもと思えないかね？」

「そのまま毎年沈み続けてたらそのうち海がコンテナで埋まっちゃいそうですね。というか、湯船に人が浸《つ》かった時みたいに海水が陸地に溢れちゃうのかしら？」

「沈んだコンテナはどうなると思う？」

「どうって。数百年後、トレジャーハンターが競って探すようなお宝に」

「そういう話じゃないよ。答えはすみかだ。嘘か誠か、コンテナの一部は水性生物達の新たなすみかになっているらしい」

「へー。お魚もなかなかたくましいんですねえ」

潮はコンテナをブロックみたいに整然と積み上げてマンションを構築し、そこに悠々と住まうタイやヒラメ達を想像した。

「彼ら海底に住む生物からしてみれば海上から人間が落っことしてしまったコンテナは、さながら天から降ってきた未知の物体のように見えただろうね」

「海底が陸地で、人のいる海面が天ですか」

「天から未知の何かが落ちてきて、信仰心や生態系を揺るがす。地上の歴史と同じだな」

妙な発想だけれど、わからなくはない。ないのだが——。

「ところでセンセイ」

「ところであの時洞窟の広場で不思議な岩を見ただろう？　あれ、あの神社の御神体なんじゃないかとぼくは思うんだ」

「しかし今回はなかなか刺激的だったな」

「ところでセンセイ！」

「センセイってば！」

香り高いコーヒーの湯気を目で追いながら、潮は極力小声で物申した。

「すっかり後日談みたいな雰囲気で話していますけど、わたし達、現在進行形で追われている最中ですよね？」

潮は小さな動作で外を指差した。狭いので身動きが取りづらい。

「その上急に全く関係のない話を始めたりして」

「随分大人しく付き合ってくれていたようだが」

「ちょっと泳がせてみようと思ったんです」

海の話題だけに。

「だけどわたし達、今は一刻も早くこの山から逃げないと！」

「わかってるよ。でも、だからってこのぼくに息を切らして大汗掻きながら夜の森を逃げ回ってろって言うのか？　当てもなく？　足手まといの君を抱えたまま？　そんなのやだね。ぼくは今、好奇心が満たされた喜びを嚙みしめるために至福の一杯を飲みたいの」

潮をおちょくっているのか、虹彦は急に子供のような口ぶりで言う。

村人から逃れるために現在二人が隠れているのは巨樹のうろの中だった。

ほとんど奇跡的に洞窟から脱出することに成功した二人は、そのまましばらく森を走った。当てなどなかった。そしてその途中でこの巨樹を発見した。巨樹の幹、地上三メートルほどの高さの位置に人間が入り込めそうな穴があったことはまさに幸運と言えた。

「このままここで朝を待ってから下山しよう」

うろの中に落ち着くと虹彦はおもむろに自分のリュックからいくつかのキットを取り出し、それを潮の目の前で悠々と組み立て始めた。

コンパクトかつスタイリッシュなステンレス製のドリップスタンドとカップ。こだわりの配合で挽《ひ》かれた豆とペーパーフィルター。イタリア製のガスバーナー。

目で追ううちにそれがコーヒーを淹《い》れるための道具だとわかり、潮は心底呆れた。呆れたが、惹《ひ》かれもした。コーヒーの香りに。

「わたしにも少し分けてくださる？」

「カップは一つしかないんだ」

「ここにあります」

潮はずっと握りしめていたタピオカドリンクの空容器を差し出した。正直、半分ヤケになっていた。飲まなきゃやってられない。

「まだ持ってたのかそれ。そんなに大事なのか？ 変わってるな」

なんのかんのと文句を言いながらも、虹彦はほどよく冷めたコーヒーを注いでくれた。

一口飲むと自分でも驚くほど安心できた。どんなに邪魔でも持っててよかった空容器。

という一連の流れの後、虹彦が唐突にコンテナの逸話《いつわ》を披露し始めたのだった。

「さて潮くん、見せてみなさい」

「え？」

舌に苦味を感じながらぼうっとしていると、虹彦が潮の方へ体を寄せてきた。

「な、何をです何をです？」

焦って足をばたつかせたら、その足を摑まれた。

「足の具合だよ。ああ、思ったより腫《は》れてるな。夏のきゅうりだな」

全然わからない比喩《ひゆ》だ。それはともかく、症状を素早く判断すると虹彦は自分のリュックから包帯を取り出した。なんでも入っている。

「どうしてここまでする」

テキパキと潮の足首に包帯を巻きながら、虹彦は独り言のような調子で言った。

「過保護に育てられたお嬢様が、足を腫らして泥だらけになって、身を危険にまで晒《さら》して、どうして秘祭なんかに興味を持つ。なんでぼくについてくる」

潮はしばしキョトンとした顔のまま彼の質問を咀嚼《そしゃく》していた。そしてやがて勝ち誇ったように鼻を鳴らした。

「ふふん。センセイもようやくわたしに興味を持ったようね。というよりも、最初から興《きょう》味津々《みしんしん》だったくせにずっと質問したい気持ちを必死で抑えていたたたたたたたた！」

「どうした？ ちょっとした触診だよ。潮くんの足首はこっちへ曲がるかな？」

「曲がらない！ 曲がったら大変です！ 触診やだ！ 触診やだあ！」

なんて容赦のない男だろう。

「記憶……です。幼い頃の」

潮は目に溜まった涙を拭いながら、コーヒーの中に言葉を落とすみたいに小さく口を開いた。

「たくさんの人がぶら下がった桜の樹……そんなお祭りを探していると、わたし言いましたよね。それは——わたしが小さい頃に体験したはずのお祭りなんです」

「はず？」

「記憶が断片的なんです。前後がはっきりとしなくて……。そもそも何歳頃のことで、どうしてそんな場に自分がいたのか、何もわからない。わからないんです」

それでも記憶の片隅には確実に存在している。確かな厚みと色味を持って。

「その祭がどこで行われていたのか、その地域もわからないって話だったな」

「わたしの父が元々銀行員だったのはご存知ですよね？　それもあって仕事柄転勤が多く、小学校の低学年くらいまでは引っ越し続きでした」

その説明だけで虹彦は意を理解したようだった。

「君の体験が何度目の引っ越し先でのことなのか、今となっては定かではない、か」

潮は「うん」と子供のような返事をしてしまい、慌てて「はい」と言い直した。それをごまかすようにストローでコーヒーを飲んだ。

「両親にはもちろん何度も尋ねました。変な祭に連れて行ってくれたことはないかって。だけどそんな祭は知らない……と」

幼い潮にとってそれはある種恐怖だった。確かに見たのに、両親は知らないと言う。家族の中で自分だけが知らない別の世界へ迷い込んでしまったような気分だった。

「きっと夢でも見たんだろうと、そう言われました。自分でもそう思おうとしました。だけどあの記憶はあまりに——生々しすぎます」

いくら聞いても両親は首を振るばかり。そしていつしか祭のことを両親に尋ねるのをやめた。友達にも話さなくなった。こうして人に話したのは何年振りだろう。

「つまり君は小さい頃見た祭に興味を抱き、その実態を確かめたい一心でこのぼくに全財産をつぎ込み、自らも現地へ赴《おもむ》いて奮闘《ふんとう》しているというわけだな」

「え？　いえその……」

「いいぞ。なかなか見所がある。見かけによらず君は一本筋の通った秘祭マニアだったわけだ」

「違います。わたし別にセンセイのようにお祭りマニアになりたいわけじゃないです」

だいたい、いつ全財産をつぎ込むなんて話になったのか。

「なんだつまらん。ではなんだと言うんだ。言ってみろ。ぼくを唸らせるくらいの理由があるんだろうな」

「わたし、怖いんです。桜……が」

「うん？」

「だから怖いんですよ。昔から桜が怖いんです。それも、満開の桜が……どうしようもなく」

「恐ろしいのか」

恐ろしいですと潮は言った。

日本人なら誰もが愛し、絵や歌の題材に選び、春にはこぞって酒盛りをするあの美しい花が——恐ろしい。自分でもバカバカしい話だとは思う。

でも、年々怖くなる。

付随《ふずい》して春という季節も苦手になっていった。

通り道に桜が咲いていれば必ず迂回するし、花見は全て断ってきた。誤《あやま》って枝の下に入り込んでしまったこともあったが、その時は人目も気にせず悲鳴をあげて駆け出してしまった。

認めたくはないが、これは立派な心的外傷《トラウマ》だ。

全ては——あの不思議な祭の記憶のせいだ。

人が逆さにぶら下がる異常な桜の樹。

その光景がちらつくたびに心的外傷はより深刻なものとなった。これまでそのために人から笑われ、不審がられたことも少なくない。

考えないようにしてきた。蓋をして、忘れようとしてきた。だが、無理だった。

あの光景はまぶたに焼きついたまま、消えてはくれない。

今でも時々夢に見る。

「わたしは乗り越えたいんです。あのお祭りの正体を解き明かして過去を乗り越えたい。決着をつけたい。春が来るたびに下を向いて歩くなんてもうごめんなんです。わたしは堂々と春の空と、満開の桜を見上げたい。そのためならこの田中潮、足の一本くらいなんでもありません」

言いたいことを言い終えると、密かに速まっていた鼓動を落ち着かせながらまたストローに口をつけた。容器はまた空になった。

虹彦は闇の向こうで身じろぎもせず、何も言わなかった。口を挟むことも、茶化《ちゃか》すようなこともせず聞いてくれていた。

だから、ほんの少しだけ虹彦のことを見直した。そうするとまた、なんだか照れ臭くなってきた。

待って。わたし今、かなり熱っぽく自分の秘密を殿方に語ってしまったわ。

「セ、センセイ、何を黙ってらっしゃるの。らしくないですよ。あ！　そうだ、さっき話していたこと、詳しく聞かせてくださいません？　御神体がどうとか」

取り繕《つくろ》うように話題を逸らす。しかしそれでも虹彦は何も言わなかった。呼びかけても返事がない。

「ちょ、ちょっとセンセイ？　まさか死……」

焦って体を起こしかけると、虹彦がピクリと体を動かした。

「ん？　ああ、すまん。寝落ちしてた」

「いつから！　いつからですこのヒモ作家！」

怒りに任せて空容器を投げつけた。うろの壁に跳ね返って潮の額に直撃した。

「えっと……なんだっけ？　ああ、隕石の話か」

「はい？　全然違いますけど。なんでそこで隕石が出てくるんですか」

そんな話一言もしていない。

「してたよ。しようとしてたんだ。コンテナの話から流れるように。それを君が遮ったんだ」

「そうでしたっけ？」

「あの洞窟の奥で見た御神体の岩だよ」

「岩……」

「あの岩、ぼくは隕石なんじゃないかと睨んでる」

「へえ……えっ⁉　そうなんですか⁉　何か確証でもあるんですか？」

尋ねると、虹彦はなんでもないことのように「ああ」と頷いた。

「あの書物の中に見つけたんだよ。『天降《あも》りし磐石《ばんじやく》』の一節をね」

「あも……？」

「要するに空から岩が降ってきたってことだよ。そう考えるとあの逆鳥居の存在も納得できる。古き民は天から降ってきた神のために文字通り宙に鳥居を設置したんだ」

虹彦はリラックスした様子でうろの内部に背を預けている。

「書物には他にも興味深い記録があった」

「記録？」

潮が食いついたことを見てとったのか、暗闇の向こうで虹彦がニタと笑った。

「始まりは千年前だ」

およそ一千年前、あかぞこと呼ばれる未開の地に漂泊の民が流れ着いた。のちに雨儀土《うぎかた》一族を名乗る彼らは、森の広がるばかりのあかぞこを安住の地とした。

ある時、あかぞこに神の乗った大岩が降った。

信仰の拠《よ》り所《どころ》を持たなかった雨儀土一族は、天降りし磐石を土地の神として迎え入れた。

神の名はククヒノウギメ。人々は平素はくくひ様と呼び、崇《あが》め奉《たてまつ》った。

そして磐石の降ったその月をくくひの月とし、いつしか十年に一度あかぞこの祭事を執《と》り行うようになった。

祭事により彼らはククヒノウギメの子を次の世代へ渡し、一族のすべてを受け継ぐようになっていった。

雨儀土一族はくくひによって子は親から全てを受け継ぎ、全てを思い出す。

「ちょっと待ってください」

つい虹彦の話を遮ってしまった。

「なんだよ。また邪魔するのか」

「そのお話、よくわかりません。いや、途中まではわかるんです。この霧の森に千年前、隕石が落ちてきた。この土地に住んでいた一族はその隕石を御神体にして祀った。そこまではわかります」

「もっとも雨儀土一族はそれを隕石だと認識していなかっただろうがね。くくひとは、おそらく白鳥を意味するくいのことではないかと思うんだが、まさしく天より飛来した輝く神のように思ったんだろう。そしてクヒノウギメを信仰するようになった」

「ククヒノウギメ……」

舌を嚙みそうだ。それはともかくとして、いまだによくわからない部分がある。

「あの村の人達、くくひ様を子供に受け継ぐとかなんとかって言ってました。あんな大仰《おおぎょう》な儀式までして。結局、具体的には何をどうやって受け継ぐって言うんでしょう?」

「具体的に、物体として何かを子へ受け継ぐということだろう」

「物体って……くくひ様は実際に在る物ということですか? そんなことって」

いや、祭の場で村人の一人が確かに言っていた。

くくひ様は壺の中で眠っていると。

「センセイ……わたしにはわからないことだらけです……。想像もつきません。あの小さな壺の中にいるのがどんなモノなのか……」

どんなスガタ、カタチをしているのか──。

「あ、だけど今思い出したことが一つ!」

「言ってみなさい」

虹彦が講師の顔を覗かせる。

「アリカシちゃんの言葉です。彼女は去り際こう言ってました」

――くくひ様を飲んで、一つになるのよ！

「飲む。彼女は確かにそう言いました」

飲むとは、つまりそういうことだろう。

「経口摂取《けいこうせっしゅ》」と、虹彦が平淡な声で言った。

「か、神様を食べちゃうっていうこと……ですかね？」

「体内に取り込んで共生すると言った方がいいだろうな」

「共生って……」

それはまるで――。

「まるで寄生虫みたいだよな」と虹彦が言った。

潮は一段と気が滅入《めい》った。

「つ、つまりあれですか……？　くくひ様っていうのはこの土地固有の寄生虫か何かで、ここに住んでいた雨儀土一族は、代々自分達の体の中にくくひ様を取り込んで受け継いできたと……？」

千年もの間、脈々と――。

推論を展開する潮の姿勢を熱心さと受け取ったのか、虹彦は闇の中で瞳を輝かせた。

「そんなことって」

「はじめに祖となるくひがあって、そこから繁殖させたくひの子を自分達の体内に宿し、それをなんらかの手順で子孫に飲ませ、移し替え続けているんだろう」

想像なんてしたくなかった。でも、してしまった。さっき飲んだコーヒーが喉元にせり上がってくる。潮は必死で口元を押さえて耐えた。

「実はあの書物の記述にはまだ続きがある。雨儀土一族はあかぞこの地でくひとともに何百年も暮らしたが、戦国の時代に土地の権力者によって土地を追われている。怪しげな信仰を持つ不気味な一族として噂《うわさ》が立ったらしい」

「迫害ですか……。隠れキリシタン……」

「差し詰め、な」

「もしかして、当時の彼らはこの地を離れる際に自分達の秘密を……」

「いい着眼点だ。洞窟の奥にひっそりと残された本殿と、あの御神体の大岩。一族は御神体と聖域を地下深くに隠して逃げたんだ」

「でもなんのために？」

「権力者に踏みにじられることを避ける目的もあっただろうが、一族始まりの地、この森の聖域に再び集う時の目印にするため……だったのかもな。平家《へいけ》の落人《おちうど》じゃないが、きっと雨儀土の落人は日本各地に散ったんだろう。そして各々出自を隠し、信仰を隠し、世の中に溶け込んだ。それでも信仰心は消えなかったし、かつて追われた故郷のことも想い続けていた」

「一族が全国にバラバラに……。あれ？　それじゃ一族の子孫……今この祭に集まっているあの人達は、普段はそれぞれ全く違う土地に住んでいるということになりますね」

「そうだ。きっと十年周期で祭のたびに全国からここに集まっているんだろう。彼らにとっては千年も前から祭を執り行うべき聖地はこの土地以外にはありえなかったんだろうな。君は気づいていたか？　そういう取り決めでもあるのか、彼らは努めてそれぞれの土地の方言を隠して会話していた。それでも時々訛《なま》りが顔を見せていたけどね」

「言われてみれば……人によってイントネーションが微妙に違っていたような」

虹彦と違って特に意識して聞いてなどいなかったが。

「正直、なぜそんな面倒なことをする必要があるのかなと思っていたんだが、あのアリカシとかって名前の女の子が言っていたムイナの話でピンときたよ」

「ムイナ……祭の日にだけ名乗る偽名ですね」

「彼ら、おそらくお互いの本当の名前はおろか、その素性も、住んでいる場所も知らないぞ」

「え！」

「これも仮説だけどね。十年に一度、集まる日と場所が定まっているのだから、お互いの情報なんて彼らには必要ないんだ」

「それにしたってよく忘れずにいられるものね」

潮など昨日の朝食も満足に覚えていない。のほほんと生きすぎかしら、と少し反省する。

「あかぞこ祭りでは、一族がかつて住んでいた場所を再現することを祭事の一部としている。そう考えれば、わざわざ手間をかけて睦播巳村を作る理由も頷ける。伊達《だて》や酔狂《すいきょう》じゃない。彼らにとってこの土地にかつての村を再現することは、自分達の神を出迎え、祀るためにどうしても必要な行為だったんだ。そして、だからそれぞれの移住先――つまり普段の生活の情報は、あの村では禁忌《きんき》とされているんだろう」

「伝わっている一夜郷の伝説は……彼らのその秘密の行為を偶然目撃した人が口伝して残ったものだった……？」

「と、いうことだろうな」

バラバラだった一夜郷に関するピースが一つずつはまっていく。思わず手に力が入って空容器を握り潰してしまいそうになった。

だけどまだ一つだけ、どうしても腑《ふ》に落ちない大きな謎が残っている。

「そもそもですよセンセイ、そもそもどうして彼らはそこまで、なんの得があってくひ様を……」

「おい！　いたか？」

突然——うろの真下から声がした。

「いねぇ。どこに逃げやがったんだ」

とっさに自分の口を手で塞いで言葉を止めた。心臓も止まりそうになった。

声には聞き覚えがあった。イグーとラオイーだ。

うろの外がほのかに橙色に照らされる。二人が持つ松明の灯りだ。

そっと虹彦を見ると、彼も緊張した面持ちでこちらを見ていた。

「この闇の中だ、そう遠くへ行ったとも思えないし、案外近くで息を殺して潜《ひそ》んでるのかもなあ」

「そうだな。例えばさ、この木……人間が隠れるのにちょうどいいうろが空いてるよな」

「ああ、ホントだ。あるある」

彼らの言葉に肝《きも》が冷える。

「一応登って確かめとく？」

「そうだな。儀式が途中で止まっちまったせいでお預け食らってるし、早いとこ見つけ出してくひ様を飲ませてもらおうぜ」

「よし、おまえ下で待ってよ。俺が登るから」

いよいよ二人が登ってくる。見つかれば逃げ場はない。そうなれば今度は何をされるかわからない。

呼吸が荒くなるのを止められなかった。虹彦は何かを目まぐるしく考えている様子だ。

樹の幹が揺れる。登っている。確実に。

「セ……センセイ……もう」

かすれるような声で虹彦に訴えかける。虹彦は何も言わず潮を抱き寄せてくれた。彼の目は絶望していなかった。

「おーい！　あっちにいたぞ！」

離れた場所で別の人の声がしたのはその直後だった。

「おまえらなーに木登りなんてしてんだ！　急げ！　逃がすなよ！」

潮と虹彦は無言で顔を見合わせた。

「おい、あっちにいたってよ」

「なんだよ。こんなことしてる場合じゃねえな！　行こうぜ」

二人分の足音がその場から遠ざかっていった。

潮達はそれから一分ほど身動き一つせず、近くから人の気配が完全に消えるのを待った。

聞こえてくるのは夏の夜の虫の音《ね》とフクロウの声だけ。

「た」

やがてどちらからともなく体の力を抜き、二人は仲良くうろの壁に寄りかかった。

「助かったあ……！」

心の底からの言葉を吐き出してから、ふと思った。

確かに助かった。では、村人達は一体誰を追いかけていったのだろう？

◆

何度かうとうととしたなと思った矢先、はっと体を起こすと、うろの外はもうすっかり明るくなっていた。

潮はキツツキの雛《ひな》のように恐る恐る外に顔を出して様子をうかがった。森の木々の葉を通り抜けて夏色に染まった日差しがおでこに当たった。

これまで幾度となく見てきた朝の日差しではあったが、今はそれが心底ありがたく思える。近くに村人達の気配もない。

「センセイ！　朝です！　わたし達助かったんですよ！」

喜びをともにしようと声をかけたが、うろの中に虹彦の姿はなかった。

「あれ、どこ⁉　センセー！」

とうとう置いていかれたかと焦り、慌てて樹から降りた。途中で足を踏み外して肩から落ち、一人でもがき苦しんだ。

「うぐー！」

呻《うめ》きながら身を起こすと、目の前に虹彦がいた。彼はしゃがみ込んで潮の様子を観察しながら、手帳に何か書き込んでいた。

「自称お嬢様、樹から落ちてうぐーと叫ぶ……と」

「何記録してんですか！　虹彦！　消しなさい！」

「講師に向かって呼び捨てとはなんだ寝坊娘が！」

「だまらっしゃい！　わたしはスポンサーよ！」

なんだ、いるじゃないの。

不安を悟られたくなくて、努めてトゲのある言葉を吐いた。

「わたしの寝顔を見れただけでも感謝なさい！」

「やれやれ、いつまでもぐーすかぴーと起きない君のために、一足先に様子を見てきてやったというのに」

「へ？　様子って、村のですか？」

「ついてこい。その目で見るといい」

「は、はい」

虹彦に促され、山の斜面をしばらく登った。どこかセンチメンタルな抑揚《よくよう》を持ったアカショウビンの鳴き声が遠くに聞こえた。

「これは……！」

たどり着いた先には――目につくようなものは何もなかった。

あるのは山の木々と小さな沢と、所々に地面から突き出た岩だけ。

何もない――それが問題だった。

潮は一つの苔むした岩に歩み寄ると、そこに手を添えて確かめた。そこには意地の悪そうな男の顔が落書きしてある。潮自身が描いたものだ。

「ここ……睦播巳村があった場所……なんですね」

「すっかり消えていたよ。一夜郷の名の通りにな」

「村の人達も……」

「それぞれの土地へ帰ったんだろう」

家々も、提灯も、焚き火の跡も何も残っていない。まるで全ては夢だったのだと言われているようだ。

「あかぞこ祭りはどうなったんでしょうか……」

「さてね。それは想像するしかないが、村が消えたということは、祭も改めて執り行ったんじゃないかな」

「わたし達を捕まえることも諦めて、ですか？」

「だからさ、トーヤを殺した犯人が判明して、ぼくらの冤罪《えんざい》は晴れたってことだろう。まあその真犯人がどうなったかまではわからないけどな」

殺されてしまったトーヤのことも訊きたかったが、なんだか怖くなってやめた。

それから二人は記憶を頼りに昨日潜《もぐ》り込んだ洞窟を探したが、まるで見つからなかった。暗闇の中で夢中でたどり着いたこともあって、はっきりとした場所を覚えていなかったせいもあるが、それにしたってまるで化《ば》かされているみたいに痕跡《こんせき》すら見つけられなかった。

だが考えてみれば、それにしたってまるで……

だが考えてみれば、そう簡単に見つけられないからこそ千年もの間、秘祭を続けてこられたのかもしれない。

「いいさ、見るものは見たし、聞くものは聞いたんだ。潮くん」

「はい」

「帰ろうか」

「はい」

色々ありすぎて、呆然《ぼうぜん》と返事をすることしかできない。

気温が上がらないうちにと沢を目印に山を下る。

途中、潮の足はいちいちおぼつかなかった。思えば昨日から何も食べていない。東京に戻ったら絶対に新宿《しんじゅく》のちょっと高いお店のカレーを食べようと決心した。なんとなくそんな気分だった。

下るうちに沢は徐々に広がり、ゴツゴツとした大岩が目立つようになってきた。それとともに、あたりにまた霧がかかり始めた。

そうしてちょっとした淵《ふち》のようになった場所に差しかかった時だった。

虹彦が立ち止まる。

「人だ」

見ると、淵のそばの大きな岩の上に男が立っていた。潮はその人物の名前は知らないが、ムイナは覚えていた。

「オルギ……さん」

睦播巳村の人間で、トーヤの息子で、潮を助けてくれた青年。

オルギは両手をだらりと下げ、首を三十度ほどに傾けてぼうっと佇《たたず》んでいる。シャツは泥だらけで、いくつかボタンが引きちぎられていた。汚れに紛れて赤いシミもいくつか見えた。とても普通の様子には見えない。

「オルギさん、一体どうされたんですか？」

少し近寄って恐る恐る声をかけた。

「まさかこんなところで鉢合わせるとはね。最後の最後に全く」

虹彦は微笑む。

「セ、センセイ……これって一体……」

「さすがに愚鈍《ぐどん》な君でももう察しがつくだろう。犯人だよ。彼が頭屋を殺害し、くくひの壺の一つを持ち逃げした犯人だ」

「オルギさんが！　そんな！　父親をその手にかけたっていうんですか！」

容赦のない推察をする虹彦を睨んだが、彼は気にもしていない。

「あの様子じゃ一晩中、死に物狂いで逃げたんだろうな。ほうほうの体《てい》って感じだ。でも実際ああして逃げきったんだから彼も大したもんだ。そして──もう飲んでしまったみたいだな」

「飲んだ？　飲んだってセンセイ……」

「よく見ろよ潮くん。君の立ってる場所からだってあれはちゃんと見えるはずだ。見ろ。よーく見ろ」

虹彦の指先を頼りにオルギの足元に視線を注ぐ。

そこに──壺が転がっていた。

「あ、あの壺は……。それじゃ彼はくくひを体内に……！」

「本懐達成、満願成就《まんがんじょうじゅ》といったところ、なんだろうな」

「あれ？　やあ君か」

今更オルギがこちらに気づいて声をかけてきた。

「もう足は大丈夫？」

穏やかな声でこちらを気遣ってくる。けれど、だから──ゾッとした。

「オルギさん……あなたが……あなたがトーヤさんを殺したの？」

「え？　ああ、そんなこともあったなあ。なんだか懐かしいよ。うん、殺した」

「そんな……」

オルギは満足のいく食事を摂《と》ったばかりの人のような、満足げな表情を浮かべている。

「だって、親父は俺にくくひをくれなかったんだ。俺には資格がないって。だから自分の代で家《うち》のくくひはおしまいにするって、言いやがったんだ。おしまいって……何様だ、よ。くくひの恩恵がぼく……わたしに……とってどれほど重要なものかわかっているくせになんでそんな、ことを言う、んだよ」

「くくひを受け継ぐことを許されなかったから……父親を殺して壺を盗んだというの⁉」

「親父が死んじゃったのは事故だよ。まさかこんなに抵抗す、るとは思わない。鏑矢《かぶらや》の音！　こんなに響くんだ……はは っ！」

「オルギさん……？」

彼の言動がおかしくなり始めている。不安になって虹彦の方を見た。虹彦はまっすぐオルギを直視している。何も言ってはくれない。

オルギは片手を側頭部に当てて気持ちよさそうに揺れている。揺れながら、思うに任せて言葉を吐き散らしている。けれどはたで聞いているとそれは手当たり次第に言葉を引っ張り出して繋げたような、全く支離滅裂《しりめつれつ》な内容だった。

「クロウ……そうか、そこに抜け道が……。北には逃げない？　史実では……大政奉還ってこんな事務的にはははうははは！　おいおいここまでやるかぁ？　まだ隣に死体転がってんのにさぁ！　聞いてた人数と全然違うキノコの後始末に！ラバウルへ向けて順風満帆人糞満帆の油売りとかあー、あれも全部創作ってこと？　隣で呑んでる写楽《しゃらく》の素顔って都営地下鉄の厭離穢土《おんりえど》ってこと？　うわはー！　歴史書、嘘ばっかりだよ。どうしよっか潮ちゃん」

いきなり名前を呼ばれて怖気が走った。

「なるほどね。くくひの恩恵、ようやく見えてきたぞ」

そう言ったのは虹彦だった。

「センセイ……？」

「思い出せよ。まだ一つわかっていないことがあっただろう？　雨儀士一族は権力者に土地を追われても、どんなに迫害されても、決して信仰を捨てず、実直に秘密を守って現代に伝えてきた。なぜだ？」

なぜ？

「もちろんくくひが厳しい土地に暮らす彼らの精神的な支えになっていたからだとも言える。だが果たしてそれだけか？　ぼくはこう思う。くくひのもたらす恩恵は実際にあったのだと。そしてそれは一族が死に物狂いで秘密を守り、何をおいても厳正に受け継いでいくに足る、稀に見る恩恵だったんだ」

「一体恩恵ってなんなんですか！」

「書物にはこう書かれてあったんだよ。くくひによって子は親から全てを受け継ぎ、全てを思い出す――とね。それはごく短い一文で、そこだけやけに詩的で迂遠《うえん》な表現だった。だがそれが全てだったんだ。それが答えそのものだったんだよ」

「思い出すって……あ」

――全部はっきり思い出すんだって。

言っていた。確かにアリカシも特に濁《にご》すこともなく、そう言っていた。

「記憶の共有だ！　書物に記されていたことは比喩でもなんでもなかったわけだ。見ろよ潮くん、彼は今文字通り全てを思い出しているぞ」

「センセイ！」

歯がゆくなってついに叫び出してしまった。

「彼のあの様子が答えだよ。くくひは宿主《やどぬし》の記憶を保存するある種の装置なんだ。おそらく宿主の脳の大脳皮質《だいのうひしつ》に寄生し、宿主の記憶を残らず〝記録〟している。そして新たな宿主に移れば、それも持ち越される」

「記憶が……」

「彼の脳髄《のうずい》には今、歴代の宿主達、一族千年分の記憶が全て引き継がれ、共有されているんだ」

思わず目眩《めまい》を起こして淵に落ちそうになった。

オルギは変わらず、のべつ幕なしに支離滅裂な言葉を発している。

「それだけじゃない。夕べの村の人間達の言動から想像するに、記憶の引き継ぎのみならず、寄生された人間はおそらく〝物を忘れる〟ということもなくなるんだろう。実家の居間の木目の模様。戯れに踏み潰した虫の感触。何年も、何十年も前に自分が見聞きした話、光景、全て鮮明に思い出せるはずだ。なんせくくひ様が全て覚えていてくださるんだからな。さながら生きた記憶チップだ」

「あかぞこ祭りは……そのチップを若い世代に移し替える儀式だと言うんですか！」

「そうだよ。宿主の体内でくくひは繁殖するだろうが、その際にも親から子へ、くくひ同士で記憶の伝達が行われているんじゃないかな。雨儀士一族はなんらかの方法でくくひを次の宿主に移し替え、コントロールする術を手に入れているんだろう」

オルギの目は今や、放たれたピンボールのように三百六十度あらゆる方向へグルグルと移動している。洪水のような〝真新しい思い出〟に理性が追いついていない様子だ。

「これだ！　こ、こ、これなら既存の歴史学をひっくり返せる！　色も音も匂いも痛みも、全部バッチリ思い出せるぞぉぁぁ！　俺は歴史学者として世の中を見返してや――」

彼は空に両手を広げて歓喜の声をあげた。

そしてそのまま前のめりに岩から二メートル下の岩場に頭から転落した。

「えっ⁉」

鈍《にぶ》い音がし、オルギは脳天から血を吹いて痙攣《けいれん》した。それはあまりにあっという間のことで、潮にはどうすることもできなかった。

顔を上げると、今までオルギが立っていた場所には小柄な少女が一人立っていた。

「ひっ！　あなた、アリカシちゃん⁉」

睦播巳村の愛らしい少女が、相変わらずの愛らしい表情のまま立っていた。

「あの子も神に魅入《みい》られたか……」

「そんな……」

潮はアリカシが背後からオルギを突き落とす瞬間をはっきりと見ていた。彼の体はずるずると岩を滑り、淵へと沈んでいく。

「探したわ！　あははっ。動かなくなった！　でもいい気味よ泥棒さん。あんたが壺を盗んでくれたせいで数が合わなくなって、わたしだけくひ様を授かれなかったんだから。一番若いからって、女だからって、選ばれた七人の中であたしだけよ。そんなのってないわ。許せない。……だからわたしの〝思い出〟返してもらうね」

少女は足元に転がる壺を我が子のように抱き上げると、愛《いと》しそうに壺の中を覗き込んだ。

「あははは っ。よかったまだあるう！　まだ残ってたねーくくひ様！」

そして笑いながらなんの躊躇いもなく壺に口をつけて中身を飲み始めた。

彼女の可憐《かれん》な口元の端から赤黒い液体が一筋こぼれる。潮にはどうしてもそれは人間の血液のように見えてならなかった。

壺の中身を飲み干してしまうと、アリカシは岩の上から壺を投げ捨てた。壺はあっけなく割れ、山風が吹き、口元の赤を拭《ぬぐ》うアリカシのスカートを揺らした。

彼女は目の色を変えていた。

欲してやまないものを前にした時に人は目の色が変わると言うけれど、潮には一瞬アリカシの目の色が本当にありえない色に変わったように見えた。

「きゃははは っ。懐かしい！　そうそう！　そうだったよねっ！」

アリカシは目玉をグルグルさせながら笑い転げる。本当に嬉しそうに笑い転げる。潮達の存在など全く目に入っていない。

「センセイ……わたし一体どうすれば……」

「あんなものを前にどうするもこうするもない。虫下《むしくだ》しでも処方するか？」

「虫……」

「さっきの男と同じだ。彼女は今、初めて思い出す懐かしい思い出に浸っている。懐かしくも絢爛《けんらん》な千年の思い出だ。水をさすのは酷《こく》じゃないかな」

あの書物の記述やこれまで見聞きしたことが全てなら、雨儀土一族にとってああしてくくひを受け継ぐことはこの上ない喜びであり、使命だということになる。

今その本懐をとげたアリカシを押さえつけて、体内のくくひを吐き出させたとして彼女はそれを喜ぶだろうか。

そもそも吐き出させる方法があるとも思えなかった。

「視《み》える」

それまで激しく体と頭を揺さぶっていたアリカシだったが、突然ピタリと動きを止めた。濃さを増す霧の中で、少女は風になびくことをやめた穂のようにじっとしている。

「視えるわくくひ様。そこに居たのね」

アリカシは何もない虚空《こくう》を見つめ、両手を伸ばす。くくひ《神》を目で追っている。

完全な形で彼女に神が宿ったのだ。

「きれい」

アリカシはふらふらと岩から降りると潮達の脇を通り抜けていった。

その様子を見た虹彦が、人間性を疑うような嫌な推察をする。

「まさか、くくひが視覚野に影響を及ぼしているのか……あるいは直接眼球内を泳いでいるのかな」

「ア、アリカシちゃん！　待って！　どこへ行くの⁉」

去っていく少女の背に思わず声をかけた。わかってはいても放っておけなかった。

「それでいいの？　あなたはこれで、よかったの？」

霧の向こうに少女のぼんやりとしたシルエットが浮かぶ。

アリカシはこう言った。

「んxうぁ▲ゅ qg：x {っゃヨぢぇ yえ」

それからその言葉の後に二度、五十音の全てを同時に発音したような音を発した。

潮はそんな言葉を、そんな音を——聞いたことがなかった。

おそらく地球の正史上には存在しない言葉であり、音であったろう。

それでもその言葉を聞いた時、潮はなぜだかとても悲しくなった。

ああ——この子はもう。

アリカシの姿は霧の向こうに消えて、見えなくなった。

その場に静寂《せいじゃく》が戻ると、全身の力が抜けた。潮はよろめき、倒れそうになる。そんな潮を片手で軽く受け止め、虹彦が言った。

「くくひはこの土地固有の寄生虫。潮くんはそう言ったな。その仮説には僕も概ね賛同する。だが、僕はそこから発展させてもう一つ、想像してみたことがある」

「こ……この上まだ何かあるっていうんですか？」

「あの地下神社の御神体は隕石だった。だとすれば、くくひというのは元を正せば太古、隕石に付着して偶然地球へやってきた他愛のない極小の生物だったのではないか」

「え⁉　う、う、宇宙からやってきた宇宙人だっていうんですか⁉　そんなのいくらなんでもありえません……！　そんなとんでも理論を展開していたら学会から追放されちゃいますよ！」

追放されるとして虹彦の属する学会がどこなのか、そんなものが果たしてあるのか、潮にもよくわかっていない。

「それは君がいわゆる銀色の宇宙人みたいなものを想像しているからだろう。実際飛来した隕石に地球外の微生物が付着していたという報告は上がっているんだ。絶対にありえないなんてことはありえないんだよ」

まあ、想像だけどねと付け足した上で虹彦はさらに言葉を繋げる。

「そしてだ、くくひが地球外からやってきた未知の寄生虫だとするなら、くくひの祖は地球に来る前にもなんらかの生物に寄生していた可能性も出てくるわけだ。ふはは」

彼は自分の頭をガシガシと指で掻きながら笑う。なんだか危険なアドレナリンでも出ていそうな様子だ。

「そして例えばいずこかの星の、未知の知的生命体や生物の記憶を有していたとしても不思議はない。……あの娘はその記憶を視たのかもな――ってのは」

さすがに飛躍しすぎかな？　と虹彦は唐突に正気に戻ったみたいに肩を竦めた。

「こんな時まで考察ですか。デリカシーゼロ……ゼロですよ！」

潮は半泣きで虹彦の胸を叩いたが、その手に満足な力は入らなかった。

アリカシちゃん。

仮説、考察、推察——。結構だけれど、今はとても感情が追いつかない。

まだ幼さの残る無垢《むく》な女の子のあの後ろ姿が、目に焼きついている。

「一族の記憶根本。それは宇宙の始まりか、事象の果てか。あるいは全て彼らの……妄想か」

「妄……想……？」

「ふん。ともかく放っておけ。彼女にも家族はいるだろうし、帰るべき現在の故郷もあるだろう。それよりも潮くーん、これを見ろよ！」

虹彦は潮の質問を流すと、突然軽薄な声をあげ、興味深そうに割れた壺の下へ駆け寄っていった。

「壺だ壺。割れちゃってるけど、底の方にまだ少しだけ中身が残ってるぞ。これってやっぱり人間の血液なのかな？」

「え、ええ……何楽しそうに観察《すさ》してるんですか……」

虹彦の好奇心は相変わらず凄まじいが。さすがにちょっと引いた。

「ちょっとそれ、貸してくれ。それだよそれ」

「え？　え？」

彼は手を伸ばすと、有無を言わさず潮の手から空容器を奪い取った。そして蓋を外すと、あろうことか壺の中の赤黒い液体をそこへ移し替えてしまった。

「ギャッ！　なんてことするの！　いやー！　わたしの空容器に！」

「もう空なんだし、別にいいじゃないか。この液体の中にくひがいるのかな？　よくわからないなあ。よっぽど小さいのかな？　ちょっと試しに持ち帰ってみよう」

虹彦はウキウキした表情で蓋をはめ直すと、それをこちらに手渡してきた。

「ひい……。わたしの容器ちゃん……」

「旅をともにした空容器にすっかり感情移入してるな。バカだね君。だがいいバカだ」

「もう黙って！」

言い合いを続けながら二人は霧の中を歩き出した。

◆

二人が無事に森から抜け出せたのは、その日の夕方近くになってからだった。

きつい日差しに照らされながらようやく地元の駅に到着すると、潮はすぐに最寄りの交番へ駆け込んだ。

潮は警官の前に立ち、山で起きた二件の殺人事件のことを話した。だがやる気の感じられない若い警官に鼻で笑われただけだった。

「はぁ？　殺人？　この平和な町で？　自慢じゃないが俺が赴任してから置きた事件は置引が一件だけだぞ。それ以外には断じて事件なんて起きてない。俺、これでも記憶力には自信あるの。で、どこの誰が殺されたって？」

そう問い詰められても、潮は名前も出身地も素性も答えられなかった。

それでもしつこく訴えかけると、一応明日その淵のあたりまでは見に行ってみるからと言われたので、渋々それで引くことにした。

だが、後々になってもあの森で死体が発見されたなどというニュースは報じられていない。

東京へ戻る電車の中では泥のように眠った。

目覚めたのは東京駅に着いた瞬間だった。虹彦に揺り起こされて慌てて電車を降りたのだが、その後で容器を車内に置き忘れてしまったことに気づいた。

人波に押されながら慌てて振り向いたが、すでに電車は行ってしまった後だった。

赤黒い液体の入った容器がその後どうなったのかは、誰にもう、わからない。

第三祭　いちる人形祭　――溶けないで。今はまだ――

「わたしはセンセイの人形じゃないのよ！」

潮《うしお》は頭にかぶせられていたそれを力任せに剝《は》ぎ取って足元に叩きつけた。潮のそんな心ない行動に虹彦《にじひこ》はひどく落胆した様子でため息をつく。

「何をするんだ潮くん。せっかく用意したのに」

「なんですかこれは！　こんな昔話みたいなアイテムを人の頭に乗せたりして！」

「昔話って」

「こんな！　ちっちゃい山小屋みたいなものをわたしの頭に！」

「これは藁頭巾《わらずきん》だよ。立派な防雪、防寒具だ。君はどうせ今回も旅の対策を何一つ取らずにやってくるだろうからと、よかれと思って用意したんじゃないか」

「だったら懐炉《かいろ》とか手編みのマフラーとか他にも色々あるでしょう。なんで藁頭巾なんですか」

「一つ疑っていいか？　さらりと手編みのマフラーを要求する君の神経を」

「おまけに人を子供用のソリに乗せて滑らそうとするし！　どうせわたしのことを暇潰しのお人形か何かだと思ってるんでしょう！」

藁頭巾だのソリだの、一体いつどこで用意してきたのか。

「不愉快です！　お先に失礼します！」

潮は言いたいだけ文句を言うと虹彦を残して大股で歩み出す。

が、三歩目で滑ってこけた。雪道を甘く見たブランド物のショートブーツが覿面《てきめん》に災《わざわ》いし、潮のお尻は降り積もった純白の雪にすっぽりとハマった。

ああ、どうしてわたしってこうなの。

「気をつけろよ。都会育ちの君は雪道の歩き方なんて知らないだろ」

「こけたわ！　起こしなさい！」

「喋《しゃべ》る赤ん坊……」

こうなったら不機嫌に任せて幼児退行でもなんでもしてみせますとも。潮は妙な境地に達しつつあった。さすがの虹彦も扱《あつか》いに困っている。

現在二人が歩を進めているのはＩ県中部の古い県道である。

時刻は午前十時前。朝方から降り始めた雪が徐々に積もり、道路は十センチほどの積雪となっている。

椿《つばき》虹彦は潮の通う房篠《ふさしの》大学の客員講師であり、作家であり、秘祭ハンターでもある。潮はそんな彼の秘祭調査の旅にくっついてこんな天候の中、こんな場所を幼児退行気味に歩いている。

目指す先は鳴葉村《なるはむら》。

目的は無論、そこで行われている秘祭の調査である。

秘祭の名はいちる人形祭《にんぎようさい》。

当然、例によって祭の内容は謎に包まれている。謎に包まれているから秘祭なのだ。どこから情報を得てくるのか、いつものごとく虹彦が唐突にその名を挙げ、質疑も応答もなく出発が決定した。

「君は人形、祭と聞くと何を思い浮かべる?」

この頃すっかり待ち合わせ場所として定着した大学近くの喫茶店『さわ』で、虹彦は潮に問いかけた。

「そうですね。やっぱり雛祭《ひなまつ》りでしょうか」

桃の節句に女児の健康と成長を願って雛人形を飾る。それくらいは潮も知っている。

「我が家では毎年それはそれは豪華絢爛《ごうかけんらん》な雛壇が登場しますよ。ざっと七……いえ二十一段!」

くだらん見栄を張るなと舌打ちをされてしまった。

「雛祭は非常に一般的な祭の一つだが、その起源は意外と謎も多い。しかし身代わりを目的としていることは間違いない」

「身代わり……と言うと？」

「人形を形代《かたしろ》として我が子に降りかかる厄災《やくさい》を肩代わりさせる、ということだ」

そう聞くとなんだか儀式や呪術めいて聞こえる。

「その他では岩手県の高清水稲荷《たかしみずいなり》神社で行われる福田《ふくだ》人形祭だな。これは藁を編んで等身大の人形を作り、行列を作って移動するというものだが、果たしていちる人形祭はどうかな」

いちる人形祭について虹彦はいくらか情報を握っているらしい。

東京を発ったのは昨日の昼過ぎのことだった。

大学の講義が終わるなり二人は東京駅から新幹線に乗り、地元の宿にチェックインしたのは夜の八時過ぎだった。本来は最終チェックイン時刻を過ぎていたのだが、女将《おかみ》の好意でなんとか宿泊することができた。

「今度こそ本当にわたしの探しているお祭りなんですよね？」

「それは実際に行って確かめてみないことにはわからないよ。というか君の探す祭は君の記憶の中にしかないんだから、その目で見て判断してくれ」

「三度目の正直ですからね！　仏の顔も三度まで！」

道中、潮はこの仏の顔という言葉を何度となく連呼していて、ほとんど口癖のようになっていた。

北国の温泉はなかなかのものだったが、新幹線の料金も一部屋分の宿代も全て潮が支払っていた。

椿虹彦のスポンサーになる。そういう契約なのだから仕方がないにしても、そのことに対する感謝の念がほとんど虹彦側から感じられないのはどういう了見《りょうけん》だろう。

そして一夜明け、朝食を摂ると目的とする村へ向けて出発した。

バスかタクシーはないかと探したが、そんなものはなかった。

もうこの道を二時間は歩いているが、車もほとんど通っていない。

今現在雪が止んでいるのがせめてもの救いだけれど、空模様はまだどんよりと重く、これからもっと降りそうな雰囲気を漂《ただよ》わせている。

周囲には見ているこちらを圧迫してくるような深い森が広がっており、枝枝も白く化粧されていた。

ところで滑ってこけた潮はまだその場で座り込みの抗議を続けていた。やがて珍しく観念したように虹彦が手を差し伸べてくる。

「悪かった。悪かったよ。さすがに少しからかいすぎた。転んで足くじいたりしてないか？　ほら、乗るといい。ぼくが引こう」

「……わかればいいんですよ」

うやうやしく促され、潮は結局子供用ソリに乗って引っ張られた。

何かが間違っているような気がしたけれど、敬《うやま》ってくれるのならなんでもいいわと潮は思った。ちなみに足の痺《しび》れと潮の不機嫌はすぐ直る、とは虹彦の秘密の手帳第九十九ページに記されている言葉だ。

「……それにしてもですねセンセイ。本当にこの道で合ってるんですか？　もう随分《ずいぶん》歩きましたけど、ちゃんとその鳴葉村に行けますよね？　先に断っておきますけどわたし、センセイと遭難だけは……」

調子に乗って潮が饒舌《じょうぜつ》になっていると、途中で突然虹彦が走り出した。自然、ソリも速度を増す。

「ちょ、ちょっと急になんですか⁉　あ、危なっ！　速い速い！」

殺される！　と潮は叫んだ。

「人だよ。誰か倒れてる」

「えっ？」

前方を見ると、緩《ゆる》やかな下り坂になった先で女性が倒れていた。

虹彦は女性のそばまで駆け寄って立ち止まると、ソリの紐《ひも》を手放した。

慣性のついたソリはそのまま二十メートル先まで滑って潮もろともひっくり返った。

下に黒いストッキングを穿《は》いているとはいえ、スカートが思いきりめくれ上がって乙女の尊厳が著《いちじる》しく損なわれたが、虹彦は潮の方など見てもいなかった。

「人殺しっ！　一歩間違えたら過失致死ですよ！」

ソリを小脇に抱えて虹彦の下まで戻る。虹彦は倒れた女性の前で膝を折っていた。

女性は道の真ん中、雪の上に倒れ込んでいたが、虹彦を見るとゆっくりと上半身を起こした。その顔は青白く、正気が乏《とぼ》しい。

だが女の潮から見ても息を呑《の》むほど、心臓を掴まれるほど——美しかった。

虹彦は女性の手を軽く取り、言った。

「初めまして。鳴葉村はこの先で間違いないかな？」

道だ。虹彦は道を尋《たず》ねた。

「我々はその村の御廻部《みくるべ》という家に用事があるんだが」

「センセイ……道で倒れている人に対してまず訊《き》くことがそれですか」

「他に何かあったかな？」

どうしました？　とか大丈夫ですか？　とか他に有力な候補はいくらでもありそうなものだが、なんという冷血漢《れいけつかん》。きっとセンセイの血液はシャーベット状に違いないわと潮は強く思った。

「こういう時は一体どうされました？　でしょう」

「そうか。では潮くん、一体どうしたんだ？　頭にこんもりと雪が乗ってるぞ。だから藁頭巾を貸すと言ったのに」

「突っ込んだんですよ！　そこで！　ソリで！」

「――ふふ」

優しい隙間風のような、かすかな笑い声だった。

どうやら笑ったのは目の前の女性らしかったが、潮が見た時にはもうその表情に笑みは浮かんでいなかった。ただ可憐《かれん》な瞳を二人の方へ向けているばかりだ。

「ご、ごめんなさい。放ったらかしにして！　大丈夫ですか？　立てますか？」

潮は慌《あわ》ててソリを虹彦に押しつけると女性に手を差し伸べた。女性は差し伸べられた潮の手をしばし見つめた後、少し首を傾げてからそっと握り返してゆっくりと上下させた。

「あ、握手じゃなくてですね……」

「気になさらないで。それよりも、お二人の漫談、もっと聞きたいわ」

「漫談！」

これにはショックを受けた。と同時に、なんだか変わった人だわと思った。

「わたし達、東京から鳴葉村を訪《たず》ねてやってきたんです。わたしは田中《たなか》潮と言います。それからそっちの人は椿虹彦センセイです」

虹彦は渡されたソリに自分で乗って滑り具合を確かめている。自由だ。

「あんなでも一応わたしの大学の講師で作家です」

「まぁ、東京から。どうりでカラフルだと思いました」

「カラフル？」

「このあたりは冬には雪もよく降りますし、森に覆われていて色味が少ないです。潮さんのお洋服はカラフルで可愛《かわい》らしくって、一目で外の人だとわかりました」

言われてみると確かに周囲の風景はもちろん、女性の洋服もカラフルとは言い難《がた》い。彼女は黒いロングスカートに白いコートとマフラー姿だ。雪深いからと言って洋服まで色味を減らす理由はないのだろうけれど。

色味と言えば女性の肌もそれこそ雪のように青白い。とても寒そうだ。

女性は潮の手を借りて幾分ぎこちない動作で立ち上がる。その動作の途中、彼女は足元の雪の中に埋もれていたらしい、黒い棒のようなものを拾い上げた。それは杖《つえ》だった。極めて装飾の類《たぐい》の少ない、簡素なものだ。

立ち上がるなり彼女はまず潮の頭の雪を払いのけてくれた。それから自分のお尻をポンポンと払い、深くお辞儀《じぎ》をした。

「わたくし、御廻部市流《いちる》と申します」

「いちる……？　みくるべ？　それって」

その姓と名を耳にした瞬間潮は思わず虹彦の顔をうかがった。

「これは僥倖《ぎょうこう》ってやつだな潮くん。どうやら彼女はまさにぼくらが目指す家の娘さんらしい。やはり声をかけて正解だった。ぼくの直感に間違いはない」

「朝からお散歩をしていたんです。でも少し立ちくらみがして……すみません」

「この雪の中をですか？」

「すみません」

市流は道の右手の方へ顔を向けて「好きなんです」と言った。

釣られてそちらを見る。よく見るとそこに細い脇道が伸びていた。幅にして一・五メートルほどの、ガードレールも何もない道だ。今は雪が積もっていて下が見えないが、おそらく未舗装だろう。

「この先は——」

市流は消え入りそうな声を吐息に乗せる。

道は森の奥へ続いている。

「貴女《あなた》のお気に入りの場所、というわけですか」

何かを汲《く》み取ったように、やけに穏《おだ》やかな声で虹彦が言った。

「はい。秘密なんです」

「あ！　お家の方に連絡は取りました？」

潮は遅れてそのことに気づいた。そもそもまずはそれを確認するべきだった。けれど市流は手の平を頬に当て、ぼうっとした表情を浮かべているばかりだ。

「……市流さん？」

「……ごめんなさい。お電話持ってないんです」

「お電話……」

「成人するまでは不要だと父が。ごめんなさい」

「はぁ……」

変わった娘だわと、潮は自分のことを棚に上げてそう思った。

「では自宅までご一緒しようじゃないか。なあ潮くん」

「そうですね」

見捨てていくわけにはいかない。

「まあ。でもよろしいんですか？」

コトリと首を傾げる市流に、潮は自分達の目的を掻いつまんで説明した。

「――と言ったわけで、目的地は同じなのですよ」

「そうでしたか。承知しました。ではご案内しましょう」

「感謝します。では市流さんはここへ」

虹彦が足元に置いたソリを指し示す。

「わたくしが乗るのですかと市流が問い返す。

「またセンセイはそんな失礼なことを」

「ひっくり返った娘は黙ってろ！　ソリは順番だ！　ここは譲《ゆず》りなさい」

「どうしてわたしがソリを独り占めしたいみたいな流れに」

「こんな歩きにくい雪道だ。ソリは有効に活用せねばならない！」

「だからって初対面の女の人をソリに乗せて引っ張ろうだなんて非常識です。そもそもいわかりましたと素直に乗ってくれるわけが」

しかし市流はすでに小さなソリにちょこんと座ってこちらを見上げていた。

美しいけれど、やっぱり変わった女性だ。

「フハハ。素直でよろしい」

歩き出す虹彦に引かれてソリも雪の上をゆっくりと滑り出した。

◆

鳴葉村はかつて人形工芸で知られた村だった。

と言ってもそれは江戸の頃の話だ。そして知られたと言ってもごく一部の好事家《こうずか》の間での話だが、鳴葉村で作られる鳴葉人形は当時細々と需要があったという。

虹彦が事前に摑んだ情報はそれがせいぜいだった。そんな村だから人形祭なるものが生まれたのか、祭があったから人形工芸が発達したのかは定かではない。

市流は虹彦の引くソリの上で器用にお嬢様座りをしている。非常に大人しい。こんな運ばれ方をして恥ずかしいとかいった感覚はないのだろうか。

いや、さっきまでわたしがこんな運ばれ方をしていたのだけれど――。

「何か？」

不意に顔を上げた彼女と目が合った。透明度《クラリティ》の高い、美しい瞳をしている。

「いいえ、そのスカート素敵だなって思って」

とっさに話題をひねり出す。実際彼女のロングスカートが潮の目を引いていたことは事実だった。

「いい生地を使っているのね」

「おわかりになるのですか？」

「もちろんっ！」

潮は釣り糸に獲物がかかった釣り人のような笑顔で胸を張った。

「これくらいの目利きは淑女《しゅくじょ》として当然です」

「きっとご両親のご指導がよいのでしょうね」

そうまっすぐに褒められると少々決まりが悪い。

「潮さんの洋服も素敵です」

「あ、そう？　やっぱり？　そうなのよう」

褒め返されてまたもや大得意になる。

「そういった短いスカート、わたくしは穿けないから」

「似合いそうなのに」

「勇気がなくって」

女同士で会話に花を咲かせているうちに、一行は山懐に抱かれた静かな村に入っていた。

「ようこそおいでくださいました」との市流の言葉に、ここが鳴葉村であることを悟る。

道路に積もった雪に車の轍《わだち》が残っているが、それはせいぜい一筋か二筋で、普段からそれほど車が通らないらしいことがわかる。

「ようやく着いたか。なるほど、我々が抜けてきたのは申間山《さるまやま》の谷間だったんだな」

来た方向を振り返って虹彦が言う。

村の中央を東から西へ横断しているのは馬淵川《まべちがわ》の支流で、こちらは会能川《えのがわ》と言うのだと教わる。

「村も一面雪化粧ですね」

無事に到着した安堵《あんど》から、少し肩の力も抜ける。

「あ、向こうの畔道《あぜみち》に人がいますよ。それもたくさん！　結構賑《にぎ》わってるみたいですね。お祭りの準備かしら。行ってみましょう！」

雪山遭難という最悪のケースを免《まぬか》れて潮の気分は上向きになっていた。ウキウキしながら村人達の方へ駆け出す。

「あのー！　わたし達、東京から訪ねてきたんですが――」

そうしてある程度まで近づいて潮は凍りついた。

「ひっ……！」

そこには村人などただの一人もいなかった。

あったのは、人によく似た大きさと形の――人形ばかり。

本物の人間の衣服を着せられた人形がいくつも、いつくも、畔にずらりと並べて立てられている。

子供ほどの背格好のものもあれば、大人のものもある。赤子も――。

よく見ればその畔だけではなく、向こうの畔にも、その先の畔にも。

人形――人形――人形だ。

「噂《うわさ》の鳴葉人形だな。さすが〝人形の里〟と文献に記述されているだけのことはあるな」

遅れてやってきた虹彦が言う。彼は実に不愉快そうな表情のまま、口角を吊り上げている。これが彼なりの喜びの表情であることを潮は知っている。

「人形の……里」

「到着いたしました」

気づけば市流が潮のすぐ横に立っていた。ソリからはもう降りている。

「え？」

「そこが――御廻部家になります」

彼女が指差した先に堂々たる門構えの屋敷があった。

◆

御廻部定橘《さだきつ》は床に臥《ふ》せっていた。

来客の手前布団から上半身こそ起こしてはいるが、横になっていることが常であることは容易に想像がついた。

とうに還暦を過ぎているように見えるのは顔色が優《すぐ》れず、やつれて見えるからだろうか。

「お父様、ただいま戻りました」

市流は父親に対して格式張った言葉をかけてから畳の上に腰を下ろした。

その座り方にふと目を引かれた。こういう場ならまずは正座をしそうなものだが、ここでも市流はお嬢様座りをしている。

不思議に思っていると、スカートの裾《すそ》から彼女の右足がちらりと見えた。

あ――。

裾から見えた市流の右足は義足だった。今、気づいた。

潮は軽く手の平で口元を押さえ、隣の虹彦の顔をうかがった。彼は眉一つ動かしてはいない。

虹彦は最初から気づいていたのだということにも、今気づいた。

市流は並んで正座する虹彦と潮のことを紹介した。

「道端で倒れただと？　ふん。そんな体でまたふらふらと出歩いていたのか。縁談を控えた身であることを忘れるな」

「すみません。わたくし……市流は雪の様子を見に……」

「ただでさえ欠陥品なのに、この上体に何かあってはせっかくの話も破談だぞ。おまえは大人しくしていろ」

「はい……」

定橋は「もういい」と娘の言葉を遮《さえぎ》ると、疑わしげな目で虹彦の方を見た。

「作家が人形祭を取材したいだと？　ふん。どこから嗅《か》ぎつけてくるのか、毎年この時期になると貴様のような輩《やから》が訪ねてくるが、人形祭は土地の外には漏らさぬ決まりだ。悪いが帰ってもらおう」

少しも悪いとは思っていないような表情で彼は言った。

「お父様、せっかくはるばる訪ねていらしたのに。それにわたくし、お二人には助けていただいて——」

「おまえは黙っていろ」

「そうですか……」

そのか細い「そうですか」は市流の声ではなかった。

「凍傷になりかけながらなんとかこの村にたどり着いたのですが、無駄足でしたね……」

弱々しいその声に潮は耳を疑った。声の主は虹彦だった。

誰？　と思わずにはいられなかった。虹彦は見るからに肩と眉を落とし、深いため息をついている。

「こんなことなら最初から来なければよかったなあ。でもそうすると、刺すように冷たい雪に埋もれて意識と体温を失いかけていた市流さんを偶然発見することもなかっただろうし、命からがら村まで運ぶこともできなかっただろうしなあ」

実に恩着せがましい芝居だ。恩自体も誇張されている。

「しょうがないから帰ろうか潮くん。帰りしなに傷心のせいで、御廻部のご当主は愛娘の命の恩人を罵倒《ばとう》して追い返すような御仁《ごじん》であると吹聴《ふいちょう》して回ってしまうかもしれないが、帰ろうか潮くん」

「……それは脅《おど》しのつもりか？」

「そんなまさか。単なる事実でして」

虹彦はとぼけた表情で返す。

緊迫した二人の間に割って入るように市流が申し出た。

「お父様、市流からもお願いします。椿先生のこれまでの活動は先ほどお父様もお聞きになられたはず。先生はみだりに秘密を話して回るようなことは決してされないお方」

「黙っていろと言ったはずだぞ市流。おまえは——」

「それにやっぱり恩ある方を無下《むげ》に追い返すなんてできません。こんな雪の中放り出したりして凍傷にでもなってしまったら、手足を切断しなけりゃなりませんわ」

「切断……」

思わず潮はのけぞった。何気に恐ろしいことを言う人だ。

「それはこのお二方にとってはとても辛《つら》いことでしょう」

「子供のように駄々をこねるのはよせ！　おまえはワシの言う通りにしておればいいのだ！　だいたいこんな余所者《よそもの》に大切な祭を見せるなど……」

娘の態度に激昂《げっこう》した定橘だったが、途中で咳《せ》き込んでしまい言葉が続かなかった。

「お父様」

市流はすぐに父のそばについて水を差し出す。随分横暴な父親に見えるが、それでもやはり親のことは大切に思っているのだろう。

感心していると、市流が「そうだわ」と両手をポンと合わせた。自分以上にお嬢様が板についている市流を、潮は若干悔しい気持ちで見ていた。

だがその口から出た言葉は、良家の娘としてはかなり突拍子《とっぴょうし》もない内容だった。

「ではお二方にはこれから鳴葉村の方になっていただきましょう」

それを聞いて潮は「はい？」と聞き返し、虹彦は「それだ！」と身を乗り出した。

◆

「いちる人形祭は確かに昔から外の方にはお見せしない決まりですが、それならこの土地の人になってしまえばいいのです」

市流の発案は潮にとって思いもかけないものだった。

当然定橘は娘の素《す》っ頓狂《とんきょう》なアイデアに物申す勢いだったが、彼の体調がそれを許さなかった。

結局潮達はなんとも居心地の悪い空気のまま定橘の部屋を後にすることとなった。

部屋を出て廊下を曲がったところで市流が立ち止まり、胸を撫《な》で下ろすような仕草を見せる。

「わたくし……初めてお父様に口答えをしてしまいました」

その表情には安堵と罪悪感と――それから初めての冒険に踏み出した子供のような高揚《こうよう》感が複雑に入り交じっているように潮には見えた。

「反抗期かね。かましてやったというわけだ」

そんな市流に虹彦は焚《た》きつけて面白がるようなことを言う。無責任な人だ。

「ええ。かましてしまいました」と、市流は返す。この人はこの人で、案外食えない女性なのかもしれない。

二人はそのまま御廻部家を案内してもらうことになった。

玄関で靴を履き直して広い庭を巡る。

「でも、本気なんですか？」

潮は前を歩く市流を後ろから覗き込むようにして尋ねた。

「この村の人間になるだなんて……そんな」

「はい。わたくし、真剣です。お二人が鳴葉の住人になれば大手を振ってお祭りをご覧になれますわ。それどころか参加することだって。ね？」

「ねって……ほほほ、市流さん、それはその……この村に引っ越してここで暮らせということ？」

冗談でしょうと返しながら顔が引き攣《つ》る。市流は表情を変えず頷《うなず》く。その目は心なしか輝いているようにも見える。我ながら名案ですわと言いたげだ。

「それはいくらなんでもちょっと……！　わたしにも東京での生活が……大学が！」

「いいえ、本当にここに住んでいただく必要はないの。形だけです。お祭りは明日ですが、その間だけ移住の意思を示しておいていただければ、それで」

「へ？　それって……」

「鈍《にぶ》いね君は。このあたりに蓋《ふた》でもあって、頭蓋骨《ずがいこつ》の中に亀でも泳いでたりして」

虹彦がまじまじと潮のつむじを覗き込んでくる。

「いや、亀はないか。亀は案外賢く素早いからな」

「そういうこと言いますか！　問題発言ですね！　スポンサーとして今後の資金援助の額を再検討させていただきます！」

「お、おいおい。それはいくらなんでも！　冗談じゃないか。笑えなかった？　こっちを向いてその愛嬌《あいきょう》のある顔を見せてくれよ潮くん」

潮の返しに虹彦は珍しく弱っている。

そうか、こういう反撃の方法があったのね！

潮は今後の対策を手にして密かに気分がよくなった。

つまりだな——と虹彦が話を戻す。

「祭の間だけ村への移住希望者として振る舞っていればいいと、市流さんはそう言っているんだよ。仮に今から役場へ行って手続きの相談、申請をしたとしてもすぐにとはいかないだろう。その間に祭が始まる。そして終わる。そうすれば改めて理由をつけて移住が叶わなくなったとでも言えばいい」

「な、なるほど……と言うか、なんだかそれってずるいような……」

そんなことで乗り切れるものなのだろうか。いや、村の有力者の娘が後ろ盾になってくれるなら、あるいはなんとかなるのか。

「もちろんバレないように移住者として注意深く振る舞う必要はあるな」

「平気です。仮に方便《ほうべん》だったと知れてしまっても――確かにいくらかの反発はあろうかと思いますが、戦国の世ではあるまいし、部外者を火で追い立てて取って食おうだなんて人はいません」

「そ、そうね」

以前に暗い洞窟《どうくつ》で松明《たいまつ》を持った大勢に追い立てられた経験がある、とは言えなかった。

「しかし興味深いですね。当然たまたまや偶然ではないんだろうから」

「何がでしょう?」

主語のない虹彦の言葉に市流は首を傾げる。

「貴女の名前ですよ。市流さん」

その言葉に市流も察したようだった。

そうだわ――。

潮も心中で頷く。それは潮も彼女に出会ってからずっと訊いてみたいと思っていたことだった。

「はい。そうなんです。わたしは市流。いちる人形祭の市流です。父がそう名付けました。この家の娘としてふさわしいようにと」

一瞬市流は遠い目をした。心が風に乗ってどこかへ飛んでいってしまったみたいに。そして彼女はそれ以上のことを語らなかった。

なんとなく気まずい。

「……あれ？　あの建物はなんですか？」

視線を泳がせていると、裏庭にポツンと建つ平屋が潮の目に留まった。日常的に使われているらしく、入り口まで丁寧に雪かきがしてある。

「さすが目の付け所が潮さんですわ。あれは工房です。人形を作っているんです」

「行きましょう」

即座に虹彦が強い関心を示し、中を覗かせてもらう流れになった。

工房の中には二人の若い男性がいて、彼らは見知らぬ来訪者に顔を上げた。

「市流さん、そちらは？」

「一志《かずし》さん、お邪魔してごめんなさい」

丁寧な口調で尋ねてきたのは南雲《なぐも》一志という真面目そうな青年で、年齢は二十五歳。村で人形師をしているという。

「こちら、椿虹彦さんと潮さんよ」

市流は淡々と二人を紹介してくれた。その様子はたまにホテルの受付に立っているAIロボットを思わせた。その口がこんなことを言った。

「こちらのご夫婦はこのたび鳴葉村に移住を考えていらっしゃるの。旦那様は作家先生で、鳴葉村の文化にご興味がおありなんですって」

「そうですか！　それはそれは！　ここは何もないところですが自然は豊かだし、空気もきれいですよ」

彼は善良そうな顔を綻《ほころ》ばせて二人と順番に握手をし、歓迎してくれた。並んで立つと虹彦と同じくらいの上背がある。

それはそうと——。

「……ご夫婦？」

「黙れ田中。ぼくは祭を見るためならこの屈辱にも耐えてみせる」

「ほほほ、貴方、靴が汚れているわよ」

潮と虹彦は見えないところで互いの足を踏み合った。

「というのは方便で、お二人は人形祭の取材にやってこられたのよ」

そんなことをしている間に市流はあっさりと真実を明かしてしまった。

「祭の？　しかしそれは……」

最初は戸惑いを見せた一志だったが、市流がことの経緯を聞かせると最後には事情を呑み込んでくれた。

「あなた方がお嬢を助けてくださったんですね。感謝します！　そういう事情でしたら……」

「大学の先生ねぇ。そうは見えねぇな」

「こら逢人《あいと》」

横からぶっきらぼうな言葉を放ってきたのは一志の弟の逢人だった。彼はまだ高校一年生で、現在人形師見習いとして勉強中とのことだった。

「学生とそろって人形祭の取材？　大学って暇なの？」

彼は露骨《ろこつ》に胡散臭《うさんくさ》げな視線を向けてくる。その見た目は華奢《きゃしゃ》で線が細いが、それに反して口が悪い。

「いえその、取材とは言ってもですね、あくまでこっちのセンセイの個人的な好奇心に過ぎないと言うか」

旗色が悪くなる前にと慌ててこちらの意図を説明する。

「だから世間に広めて名を売ろうだとか、本にまとめて出版して印税生活だーとか、そういうことは一切ありませんからご安心を！」

ね、センセイ！　と肩で息をしながら虹彦の方を見ると、本人は工房の棚の方に興味を奪われており、全く潮の話など聞いていなかった。

「ふーん。まあお嬢がいいんなら俺に文句はないけど」

生まれついてのものか、逢人は鋭い眼差しを市流へ向ける。市流は何を考えているのだか今いちわからないが、それでも幾分穏やかな表情でそれを受け止め、頷いた。

「でも話しちゃって大丈夫なんですか？」

「一志さんと逢人なら大丈夫よ潮さん」

この兄弟のことを信頼しているのだろう。

「ところで鳴葉人形というのは、足から作るものなのかな？」

途中から勝手に工房を見て回っていた虹彦がようやく口を開いた。彼は棚の一角を指している。そこには人工の足のパーツらしきものがいくつも置かれてあった。

「いえ、それは人形の足ではないんです」

答えたのは一志だった。

「それは人のための足なんです」

「人、ですか」

「はい。いわゆる義足──中でも大腿《だいたい》義足と言われるものになります。どれも試作品や失敗作ですが」

「一志さんは義肢装具士の勉強もされているんですよ。その経験を人形作りにも生かしたいと」

「はい。元々鳴葉人形は竹や赤松などの木材をベースに、各関節を藁で繋ぎ合わせて可動式に作られていますが、俺は義肢に使用するシリコーンなど、新しい技術も取り入れてより人に近く、美しい鳴葉人形を作りたいと思っているんです」

一志はそこまで一息に語ってから、少し熱くなりすぎたと思ったのか、照れたような素振りを見せた。声のトーンを落ち着かせると彼は改めて言葉を繋いだ。

「鳴葉人形は祭の性質上世間にはまず知られていませんが、工芸品としても文化財としても価値のあるものだと俺は思っています。なのでこれからは過去にとらわれず、積極的に全国へ鳴葉人形を広めていければと」

「村の古い連中や定橋さんはまだ認めちゃくれないけどな。でも村の人形が広まれば傾いた財政も一気に回復する。現状じゃジリ貧だから反対してる連中も兄貴にはあんまり強く出られないのさ」

「自分の技術を生かして村を再生させようとしてるんですか。将来有望ですね」

得た情報を丸呑《まるの》みしてなんの含みも考えもなく感心すると、当の一志は幾分居心地の悪そうな顔をした。

「いえ、俺なんて父に比べればまだまだです」

「幸造《こうぞう》さん、亡くなられた二人のお父様はとても優秀な人形師で、わたしの父とも懇意にしておりました」

市流の説明を一志が引き継ぐ。

「父は最後まで認めてくれず、師匠とは呼ばせてくれませんでしたけどね。父が病死した時は正直かなり塞ぎ込みました。でもそんな時お嬢のお父様、定橘さんが援助を申し出てくれました。おかげでこうして今も人形作りに打ち込んでいられる。お嬢も何かと気にかけてくださるし、本当に感謝しています」

そう語る彼の目はまっすぐだった。まっすぐ、市流の方へ注がれていた。

「一日も早く立派な人形師、義肢装具士になりたいと思っています。この恩に報いるためにも、お嬢の足のためにも」

「一志さん……」

一志が市流の足のことに触れたので一瞬潮はドキッとした。はたで見ていた逢人はその反応を見逃さなかったようで、いたずらな微笑みを浮かべた。

「お嬢の足のことなら別に気を遣うことはねぇよ。もうずっと昔からこうだし、今更タブーでもなんでもねぇから」

「そ、そうですか」

「あら、ごめんなさい。そう言えばわたくしの足のこと、まだちゃんとお話ししていませんでした。そうなんです。わたくしの右足は義足なんです」

そう言うと市流は英国の淑女のようにスカートの裾を両手で少し持ち上げた。

そこにあったのは確かに義足だった。だが市流の義足は潮が漠然《ばくぜん》と想像していたような無骨《ぶこつ》なものではなかった。白く、なめらかで、柔らかそうですらあった。だが、生身の足と見紛《みまが》うようなものかというとそんなこともない。

それは確かに作り物で、作り物としての美しさがあった。

——まるでよくできた人形のよう。

パッと舞台の幕を下ろすみたいに市流がスカートの裾を離すと、義足も隠れた。

もしかすると市流さんは——。

潮は心密かに思った。彼女は自分の足をあまり人目に晒《さら》したくないがために、このようなロングスカートを着用しているのかもしれない。

「一志さんは、市流さんのために素敵な義足を作ってあげたいと思っている、と」

静観していた虹彦がそつなく話をまとめる。改めて言葉にされてまた照れ臭くなったのか、一志は耳のあたりを触りながら俯《うつむ》いた。

「おこがましいですが……これも親父から受け継いだ俺の目標の一つです」

「お父さんから？」

「この義足はかつて幸造さんが作ってくださったものなんです」

「親父も生前は義肢装具士だったんです」

「それもただの装具士じゃない。師匠は一流の装具士だ」

父親の話題が嬉しかったのか、逢人は誇らしげにそう言った。

「人形作りに打ち込むようになってからは離れちゃったけど」

「南雲のお家と御廻部のお家は人形、そして市流さんの義足を通して縁が深いというわけですね」

潮はそこになんとなくロマン、あるいはロマンスのようなものを感じた。

やがて話が一段落すると、工房の壁掛け時計を見て市流が口元に手を当てた。

「随分長居してしまったわ。ごめんなさい」

「いえお嬢。お気になさらず。それよりも明日は祭本番。こちらのお二人の事情はわかりましたが、それでも村の人間は祭の時期に村に余所者を留まらせておくことをよくは思わないでしょう。祭を前にして気も立っているでしょうし」

「気が立つって、そんなに血の気の多いお祭りなんですか？」

「こう言ってはなんですが、あれはある種の合戦《かっせん》ですから」

祭について語る際に「戦《いくさ》」の一文字が出てくる時点で、穏やかではなさそうだ。

「そうですね。お二人とも今日はもう出歩かず、静かにしているのが吉でしょう」

市流がそう言うと、一志は彼女の方を向いて眉をひそめた。

「お嬢もですよ」

「あら、わたくしも？」

「今日も一人で出歩いていて先生方に助けてもらったんでしょう？　雪の日は何かと危険ですよ。それでなくても御廻部家……いえ、定橋さんには不穏《ふおん》な噂《うわさ》が立ってもいるんですから」

彼は言葉の後半に行くにつれ部外者である潮達の目を気にし、声を潜《ひそ》めた。それはなにか憚《はばか》られるような話題らしかったが、虹彦はなんの遠慮もせず踏み込んだ。

「不穏とは？　もしや村の権力闘争でも巻き起こっているとか？」

「そ、それは……」

「娘の名前を市流と名付けていて、かつあの立派な門構え。祭の進行も含めて御廻部家は村の実権の大部分を握っている。そしてそれを妬《ねた》む家も多い。妬みの理由は定橋氏の不遜《ふそん》な態度から察しがつきます。そしてその妬みは娘である市流さんにも向けられている節がある——なんてところかな？」

よくもまあそんな風にすらすらと憶測を述べられるものだと感心する。だが一志の表情を見るにほぼ図星のようだった。

これも長年各地の閉鎖的な村を訪ね歩いてきたセンセイの、経験と勘のなせるわざかしらと少しだけ感心する。

「そうね。気をつけるわ。では椿先生、潮さん、お部屋へ案内しましょう」

市流は素直に頷くと潮達を工房の外へ導いた。

「そちらで明日のお祭りの段取りもお聞かせします」

「祭の段取り！　いいね。さあ行こう」

祭に関することとなると虹彦の目の色はすぐに変わる。

「あ、ねぇあんた。田中さんだっけ？」

工房を出たところで逢人がぶっきらぼうに呼び止めてきた。

「その、ずっと気になってたんだけどさ」

「はい？」

何かしら？　と何気ない表情を作りながら、潮は内心こう思っていた。

ふふん。やっぱりね。ほーらね。

都会から突然訪ねてきた美少女。相手は純朴な田舎の少年。彼がわたしに心奪われないはずはない。なんとかわたしとお近づきになりたい。そうよね？　でもごめんなさ――。

「あんた、その靴似合ってないよ。全然合ってない」

足元の雪をあらん限りの握力で固く握り、逢人に投げつけようとしたが虹彦に止められた。

「不愉快だわ！　ちっとも面白くない！　なんなのあの子は！」

十畳ほどの和室に通されてもまだ腹の虫が治まらない。

「怒らないであげて潮さん。あの子は照れ屋なの」

潮をなだめつつ市流は寝巻き、お手洗い、布団や夕食のことをそつなく説明する。

「でも潮くんの足元が疎《おろそ》かなのは事実だからね。仕方ないよ。それよりもぼくは一刻も早くいちる人形祭について聞かせてもらいたい。なんせ東京ではほとんど祭についての情報を得られなかったからな」

座布団に腰を下ろすなり虹彦は市流を急《せ》かす。

「ぼくの読みでは〝いちる〟というのは山の女神の名ではないかと思うんだが」

「山の？　センセイ適当に言ってません？」

「仰《おっしゃ》る通りです」

「当たってるの？」

「はい。ではわたくしから村の伝承をお聞かせしましょう」

そうして市流が語ってくれた伝承は次のようなものだった。

かつて串間山には人を食う狒々《ひひ》がいた。

困り果てた村人は遠くの土地から法力《ほうりき》を持った僧を招き、狒々の説得を頼んだ。

三日三晩が過ぎ、山から下りてきた僧は狒々の言葉を村人に伝えた。

村一番の美女を嫁によこせ。そうすれば人を食わないでおいてやる。

それが狒々の出した条件だった。だがそれは人身御供《ひとみごくう》となんら変わりはなかった。

毎夜話し合いが行われ、ついにある小作人の一人娘、いちるが狒々の花嫁に決まった。

だがいちるの父はどうしても娘と別れ難く、一計を案じることにした。

娘にそっくりの人形を村の人形師に造ってもらい、いちると名付けて嫁にやったのだ。

精巧な人形をいちる本人だと思い込んだ狒々は喜び山へと帰っていった。

そうして狒々を謀《たばか》ることに成功し、村の被害は収まった。


「最初の身代わりの人形の名がいちる。それで祭の名前もいちる人形祭というわけか」

「はい椿先生」

「ハッピーエンドね」

「ハッピーなのは田中の脳内だけだ」

「なんでですかっ」

虹彦が能天気な潮の発言を最速で咎《とが》めてくる。

「村の伝承がそんな緩い話なら、現在まで伝わる祭が一志くんの言ったような『合戦のように激しい祭』である必要がないだろう」

言われてみればそうだ。

「はい。祭では傀儡《くぐつ》合戦と言われる神事が行われます」

「傀儡……？」

「人形のことだよ。もしや人形同士を人に見立てて戦わせるのか」

「戦わせます。それはもうたくさんの人形を村民総出で戦わせ、ぶつけ合います」

虹彦は女心には無頓着なのに祭のこととなると異常に鋭い。

「ぶつけるの？」

「ぶつけます。思いきり。人形の手足が折れ、破壊されるまで」

「ひゃー」

それは確かに血の気の多そうな祭だ。

「担《かつ》いだ神輿《みこし》同士をぶつけて壊すというような、いわゆる喧嘩《けんか》祭りは全国にあるが、ここではそれを人形でやるのか」

「祭ために一年かけて皆でたくさん造り、準備しているのです」

「あ、村中に立ててあるあの人形も？」

「あれは飾り人形と言って、村を見守り、守護するという別の役目があるの。それでも一部古くなった飾り人形は毎年順番に合戦に選出されるので、間違ってはいないですね」

「へー。でも合戦だなんて、どうしてそんなことを？」

「いちるの目を謀るためです」

「え？　狒々じゃなくて？」

「伝承には続きがあって、娘の身代わりとして嫁に出された人形、いちるはやがて人を恨むようになった――とあります。狒々の死後も中間山に住み、化け物となったと」

「そ、それは急展開ね」

「異形《いぎょう》のモノとなったいちるは、妖術を用いて村の人間同士を殺し合わせたそうです」

「今度は人形が村の脅威になったたっていうの？　で、でも人形でしょう？」

場を和《なご》ませる意味も込めて潮はおどけてツッコミを入れてみた。すると市流から思いの外《ほか》冷たい視線を向けられた。

「人形は人を恨まない。そうお思いですか？　魂《たましい》も持たず、不満も言わず、ただ人の手に操られ。意に沿わない相手の花嫁にされても文句一つ言わないと？」

「そう……言われると……えっと」

「潮くんの負けだな」

「ああ、潮さん膨《ふく》れないで。それで、このままでは村が滅ぶと考えた村人は、新たに自分達に似せた人形をたくさんこしらえて呪いを肩代わりさせたそうです」

「人形に同士討ちをさせる。それを模《も》した結果、人形同士をぶつけて破壊するという行為になったわけか」

「はい。以後、現代にいたるまでいちるの呪いを逸らし、欺《あざむ》くために毎年傀儡合戦が行われていると言われています」

今も――。

ふと想像して、ちょっと怖くなった。いちるは今もあの中間山のどこかにいて、この村を見張っている。呪いは現代まで続いている。

「また、傀儡合戦の後には重要な仕上げも控えています。それら全てがいちるを欺き慰める大切な祭事なのです」

呪いが続いているからこそ人々は祭を続けている。

いや、さすがに本気でそう思って祭を行っている村人はいないとは思うけれど。

「つくづく人形とともに存続してきた村なんだな」

虹彦は独り言のように言った。

「ええ。人形達はものも言わず、老いもせず、ずっとずうっとこの村の人達を守ってきました」

「市流さんは……この村の人形がお好きなんですね」

彼女の柔らかな声色を耳にして、思わず尋ねていた。

市流はわざわざこちらに向き直り、丁寧に頷いた。

「はい。わたくし、好きなんです。人形」

「でも本当によかったんですか？　お父さんの反対を押しきってわたし達にこんなよくしてくれて。色んな話まで」

いたれり尽くせりな市流のもてなしになんだか申し訳なくなってきた。

けれど彼女は表情を変えぬまま「いいの。いいんです」と言った。

「本当に。救っていただきましたから」

「多くの民話同様、人助けはしておくものだな。市流の恩返しだ」

虹彦が誇らしげにしている。なんだか腹の立つ表情だ。

「雪国では鶴や地蔵が恩返しに来るが、ぼくらのところに来たのは市流さんだったな。そういえば貴女は近々どこかへ嫁ぐのかな？」

妙なたとえ話から流れるように虹彦は質問を繰り出した。多分鶴の恩返しから思いついたのだろう。

「そういえばあの昔話も助けられた鶴が男の下へ嫁に来る話だったっけ」

「何をぶつぶつ言ってんだ潮くん。縁談の話はさっき定橘氏がしていたぞ。聞いてなかったのか」

「え？　わわわ……おめでとうございます」

慌てた結果、潮はなぜか自分が三つ指をついて頭を下げた。

「あまり幸せそうな婚礼を控えているようには見えないけどな」

「センセイなんてことを！」

「いいんです。多分その通りなの。婿養子を取ることになっているんです。よく知らない土地のお金持ちの次男さんと一緒になるそうです」

「そんな他人事みたいに……」

「そうね。ごめんなさい。でも本当に、どこか他人事のようなんです。全部父の言う通りに進んでいるだけで、わたしはこの縁談の中のただの歯車なんです。それはきっと、幸せというのとは違うんでしょう」

「そ、それっていわゆる政略けっ……」

「父にとってはわたくしの意思や意見は関係ないんです。ないも一緒なんです。だからまだ自由なうちに……お祭りの時にこれくらいのワガママ、いいでしょう？」

市流の言うワガママとは、潮達を村に引き止めたことを指しているのだろう。

彼女にしてはどこか子供っぽいその口調が尚更痛ましく思えたが、しかし潮にはどうすることも、口を挟むことさえできない。自分達は祭のためにほんの一時この村に滞在しているだけの客人《まろうど》なのだ。

「ああいう人だけれど、父は父なりに家と村のことを考えているんです。でもお客様にあんな態度を取るのは悲しいことです。以前は……母を亡くすまではあんな人ではなかったのですが」

それに対しては、思わずなんと返したものか迷う。

「亡くなって十五年になります。病死でした」

「様々な苦労があった、ということかな」

ここでも虹彦は遠慮なしに踏み込む。これも調査の一環だとでも言うのだろうか。市流はわずかに戸惑《とまど》うような仕草を見せたが、思い直したように頷いた。

「病に伏せた母は身も心も病魔に犯され、醜《みにく》く変わってゆきました。父にも使用人にも、見舞客にも当たり散らし……末期には、自分の病も家が傾くのもみんないちるの呪いのせいだと言った。娘に市流などという名をつけた父を恨《うら》み、幼いわたしを吹雪の中、一晩中外へ放り出していたこともあったそうです。これは後からひとづてに聞いた話ですが」

「そんな……」

彼女はそうは言わないが、あるいは市流の足はそうした中で失われたのでは――。

潮はその不吉な考えを慌てて打ち消した。

「父は家の繁栄をささやかに願ってわたくしにこの名を付けたのだと思います。でも母にとって娘の名は呪いとなったようです。そして母の死後、今度は父が何かに取り憑《つ》かれたように家を栄えさせることに躍起《やっき》になってゆきました。義理や情になど目もくれず」

「貴女の縁談もその一つですか」と虹彦が問う。

彼女は返事の代わりに畳の縁をそっと指でなぞった。

◆

宵闇《よいやみ》のどこからか太鼓の音が聞こえる。それは聴く者の心を鼓舞《こぶ》するように等間隔で打ち鳴らされる。

潮の視界に鬼火《おにび》が映った。それは闇の遙《はる》か向こう、村の北側で灯《とも》された松明だ。炎は次々と横一列に灯っていく。

左右を見るといつの間にか炎は潮のすぐそばでも灯されていた。その灯《あか》りの向こうに人間のようでいて少しだけ違う、奇妙な顔がいくつも並んでいる。

人形だ。鳴葉人形が闇に立っている。

「こう言ってはなんだけど……暗闇の中で見るとより一層不気味だわ」

人形は様々な衣装に身を包んでいた。甲冑《かっちゅう》、着物、振袖、着流し――。住人の古着だろうか、中には現代的なTシャツを着せられている人形もあった。顔はともかくとしても、その手足は精巧に作られていて、暗闇では本物の人間のようにも見える。

人形の背後には――また別の顔。だがそちらは本物の人間、鳴葉の村人達だ。

「えっと……確かあの人達が――」

潮は事前に聞いていた言葉を思い出す。彼らは〝繰《く》り手〟と呼ばれ、一人一体、人形を操って合戦に参加する役目を担《にな》っている。

操ると言っても特別な仕掛けやカラクリがあるわけではない。人形の着物の背中に穴が空けられていて、繰り手はそこから両手を差し入れて人形を持ち上げるのだ。

「なんだか二人羽織《ににんばおり》みたい」

そして今は潮もその繰り手の一人だった。

なんでわたしが最前線！

ここにいたって嘆いても始まらない。言われるまま、流されるままにここで待機しているが、それでももう立派な一兵卒だ。

当然潮も人形をあてがわれており、及び腰で人形の背後に立っていた。素材に工夫があるらしく、潮の力でもなんとか持ち上げることができた。

結局潮と虹彦は、鳴葉村に越してくる新婚夫婦ということで村人達に迎え入れられた。

正直今でもかなり強引な話だと思う。

「直前までみんな不審そうな顔していたけど……」

どうにか祭への参加を許されたのだった。全て市流がうまく話を通してくれたおかげだ。

その市流はと言うと、祭の炊き出しとその後の宴会の準備を手伝っているらしく、この合戦には参加していない。そもそもあの足で参加は無理だ。

「さて、ウチの旦那はどこかしら」

潮は皮肉交じりにつぶやき、虹彦の姿を探す。言うまでもなく虹彦もどこかで人形を担いで合戦の合図を待っているはずだが、近くには見当たらない。

やがて煽《あお》るように太鼓の音が速度を上げた。人々が一斉に「応」と声をはりあげる。いちる人形祭が始まった。

合図とともに皆が一斉に駆け出していく。

「ヒィ！　ま、待って！　ど、どっちへ行けば……！」

かなり遅れて潮も人形を持ち上げて恐る恐る足を踏み出した。足元は雪。人形を抱えた状態では思うように進めなかった。

雪かきのされている畦道を見つけてからは、そこをたどって味方の陣営に必死で追いついたが、その頃にはもうあちこちで激しいぶつかり合いが始まっていた。

人形同士が打ちつけられる乾いた音がそこここで響く。

音にビクビクしていると闇の向こうからいきなり無表情の人形が現れ、潮の方へ迫ってきた。

「どりやあああ！」

人形の背後にいるのは村の老人だった。

「ぎゃあああああ！」

たくましい腕で人形を操っている。

潮は半泣きで自分の人形を盾のようにして身を縮こまらせた。

どうしてこんな思いをしなくちゃいけないの！

確かに祭の調査には来たが、ここまで本格的に参加させられるとは聞いていない。

しかも、蓋《ふた》を開けてみれば、やっぱり今回の祭も潮の探す祭ではなさそうだった。

また騙《だま》された！　あの男！　虹彦！

「覚悟！」

「ひー！」

「何やってんだ！　戦えバカ！」

敵と潮の間に割って入る人形があった。味方だ。

「あ、君！」

逢人だった。見かねて助けてくれたらしい。

「ああ……助かりました！　お侍《さむらい》様、この御恩は一生涯……」

「落ち着けって！　いいか、あくまで戦うのは人形同士なんだからビビることないんだよ。

まあ、たまに私情を持ち込んで本人の方を狙って怪我させてくる奴もいるけどな」

「怪我やだー！」

「あ！　おい、どこ行くんだ！　逃げるな！」

助けてくれた逢人少年を見捨てて潮はその場から逃走した。一片の後ろめたさを感じる余裕もなく。

肩で息をしながら走る。そのうちに会能川に架かる木製の橋にたどり着いた。

その橋の上に――誰かが待ち構えていた。

「だ……誰⁉」

「来ると思っていた。浅はかな考えなどお見通しだ。悪いが命をもらう」

「えっ……えっ？」

物騒《ぶっそう》な言葉に脳が混乱する。

私情を持ち込んで本人の方を狙って――。

逢人の言葉がよぎる。

相手は一気にこちらとの距離を詰めると、容赦なく人形をぶつけてきた。

「や、やめてー！　何かの間違いなんです！　戦争反対！」

本格的に泣き叫ぶも、相手には全く手加減する様子がない。

「問答無用！　死ね！　ここを墓場としろ！」

「な、なんでそんな酷いことを……あなたは一体誰……ってセンセイじゃないですかっ！」

人形の背後で椿虹彦が笑っていた。

「ふはは。ここで会ったが百年目だな潮君。さあ、いざ。いざいざ！」

「いざじゃない！　なんで夫婦で敵同士になってるの！　というか少しは手加減を……」

「何を言ってる。本気で戦わないと祭の意味がないだろう。人形同士を思いきりぶつけ合わせて破壊しなければ次の神事に差し障《さわ》りがあるんだよ」

「つ、次の……？」

「だからこれは仕方がないんだよ。理解して死ね。死んでくれどうか」

「私情！　絶対私情だわ！　いつもいつも酷い扱いして！　今日という今日は！」

仏の顔も！

潮の叫びは合戦の怒号に呑まれて消えた。

◆

夜が明け始めた頃、合戦の終わりを告げる笛が村に鳴り響いた。

苛烈《かれつ》な戦が終わった時、潮は農具小屋の壁にもたれかかって気を失いかけていた。

「お……終わったのね……やっと」

村のあちこちに壊れた人形の手足や首が転がっている。夢現《ゆめうつつ》にそれを見たなら本当の合戦跡のように見えただろう。体力のある村人達が早くも人形の残骸《ざんがい》を拾い集めている。

今は冬だが、まさに兵《つわもの》どもが夢の跡だった。

「ママ……わたし、生き残ったわ……うう……」

「そーゆーのいいからさっさと立てよ」

「センセイ……人殺し！　離婚です！　この子を連れて実家に帰ります！」

潮は無残《むざん》に破壊されてしまった自分の人形を抱きしめた。

「だからもういいって。さあ、次は傀儡流しだぞ」

無慈悲な虹彦に引っ張られて戦場を後にし、到着したのは村の集会所前の広場だった。

集会所はそれほど大きくない古びた平家で、広場の中央には何やら小山が出来上がっていた。

小山に近づいてみて潮は「わあ」と声を漏らした。それらは無数の人形の残骸だった。

合戦を終えた鳴葉人形が見上げるほどの高さまで積まれている。

「すごい数……。ここに集められていたんですね、人形」

「ええ。合戦でうまく壊された人形は夜の間からもうここに集めて積み上げていたんです」

声に振り向くとそこに一志が立っていた。冬の朝だというのに半袖で、手には鉈《なた》を握っている。

「ありがとう。わたしの身代わりちゃん……」

潮も他に倣《なら》って自分の壊れた人形を山の上に積んだ。ともに死闘を潜《くぐ》り抜けていつの間にか愛着が湧いていたので、少し目頭が熱くなった。

「ところで一志さん、その鉈は？」

「傀儡流しの前の最後のひと仕上げです。ほら」

彼の視線の先を追うと、人形の山の周囲を同じように鉈を持った男達が取り囲んでいた。

彼らは積まれた人形の中から手近なものを摑むと、手早くその手足に刃を打ち込んでいく。

「半端な壊れ方ではいちるは騙せない。だからこうして鉈を使って人形をさらに細かく刻んでおくんです。お二人には不可解に見えるでしょうが、これも古い伝統の一つなんです」

「徹底してるんですね」

「ええ。なんせ数が数なのでここでの作業は急ピッチです。細かくした人形はこの後会能川の上流に運んでそこから流します」

「あ、それが傀儡流しなのね！」

「そういうことです」

しかし人形とはいえ人の形――それもよく出来た人の形をしたものを次々に切り刻んでいく様子は少々直視しづらいものがあった。虹彦は興味津々《きょうみしんしん》で眺めているけれど。

「で、でもまあ、あくまで人形は人形だし？　いつまでもビクビクしているわけにもいかないわよね」

潮はそう口に出して自分を奮起させようとして――失敗した。

積まれた人形の中の一体と目が合った。

無数の人形の首の中で、そのただ一体がまるで生きているみたいに――。

全身に鳥肌が立つ。

「か……勘違いだわ……。そうよね……徹夜しちゃったし、わたし目が疲れて……」

「手を止めろォォ！」

鋭《するど》い叫び声が広場に響いた。潮は驚いてゆっくりとそっちを見る。

虹彦が普段見せることのない焦《あせ》りの表情を浮かべて前方に手を伸ばしていた。

「センセイ……き、急にどうしたんですか？」

虹彦は肩から手拭《てぬぐ》いをかけた坊主頭の男性に大股で近づいていった。その男性は今まさに山の中から次の人形の腕を取って鉈を振り下ろそうとしているところだった。

「待て！　よせ！」

彼は虹彦の声に驚いてポカンとしたまま、振り上げた鉈をゆっくり下ろし、人形の手を離した。

虹彦はその場に片膝をついて人形の山を覗き込む。

やがて虹彦は何か確信したように周囲に向かって声をあげた。

「集会所の中は暖まっているか⁉　それからこの村に医者は⁉」

そして着ていたコートを脱ぎ、山に手を突っ込んで人形達をどかし始めた。

「な、なんなんですかセンセイ。一体どうしたって言うん……」

言いかけて、潮にもようやくわかった。

「な……な……何？　なんで……？」

虹彦が人形の山の中からずるりと引っ張り出したのは、一糸まとわぬ姿の市流だった。

「息はある！　毛布を用意してくれ！」

虹彦は自分のコートで市流を包んで抱き上げた。

◆

バラバラにされた人形の手足は軽トラ四台分にもなった。潮は荷台に積まれて運ばれていくそれらを、後ろの車の助手席から眺めていた。

「市流さん……心配ですね」

絵に描いたように眉を八の字にしてつぶやく。

「はい……。命に別状がなくて本当によかった……」

運転席の一志が重々しく、そして悔しそうに答える。

人形の山の中から市流が発見されたことにその場の誰もが驚いたが、幸い目立った外傷はなく、無事に保護された。

けれどいつから、なぜ、誰が彼女をあんなところへ押し込めたりしたのか、あの場では何もわからなかった。

「夜中の傀儡合戦の最中に何かがあった……ということかしら……」

祭の最中女達は御廻部家の台所を借りて炊き出し等の準備をしており、市流もその中にいたらしいが、細かいことまでは知らない。

「残念な脳ミソを絞って何を考えようとしているんだ。助かったんだからいいだろう。あっちはあっちで必要なら警察を呼ぶなりなんなりして対応するだろう。ぼくらは祭の続きを追う。それだけだ」

虹彦が後部座席から言った。「うりうり」と潮の後頭部を人差し指で突いてくる。偉そうに足まで組んで。

「頭を突かない！　心配して何がいけないの。センセイは心の冷たい人ですね。これならあそこの人形達の方がまだ人情があるってものです」

「お嬢はひとまず落ち着いたようだったし、じきに目を覚ますでしょう」

二人の間に割って入るように一志が柔らかく言った。

事態を知って集会所に駆けつけた定橘は顔を青くしてうろたえていた。今回のことは定橘が一部の村人から恨まれているという、あの話と無関係ではないだろう。それくらいのことは潮にも想像がつく。

定橘の命によって市流の身に起きたことは他言無用ということになった。少なくとも、祭が終わるまでは。

無理がたたって体調を崩した定橘はその後すぐに屋敷へ戻ったが、いまだ目を覚まさない市流は大事をとってそのまま集会所の一室に寝かされており、今は逢人が看病をしている。

「逢人くん、自分から看病を名乗り出たんですよね」

市流が元々着ていた黒いロングスカートの洋服は集会所の近くの水路に脱ぎ捨てられ、引っかかっていた。代わりの洋服を急ぎ家から取ってきたのも逢人だった。

「粗暴な弟ですが、あれでもお嬢のことを心配しているんです。逢人は今年から傀儡流しへの参加が許される年齢になって、流し役を担《にな》えることを楽しみにしていたのに」

「優しいところもあるんですね」

少しだけ見直した。靴にケチをつけられたことは不問にできないけれど。

「せめてお嬢と弟の分まで頑張って人形と厄《やく》を流しますよ」

潮はふと一志に市流の縁談のことについて訊いてみたくなった。彼が市流に対して好意を抱いていることはなんとなく潮にもわかる。やはり複雑な、胸を掻きむしられるような思いが一志の中にも渦巻《うずま》いているのだろうか。

「実際傀儡流しはなかなか壮観ですよ。他所《よそ》の人間に見せないのは少しもったいないと思うくらいには」

車は川の上流を目指して中間山を登っていく。川沿いの道はグネグネと曲がり、そのたびに一志はハンドルを大きく切った。山道はすでに雪かきが済まされていて走行に不便はなさそうだった。

「昔は牛車で人形を運んでいたらしいですが」

今は牛の代わりに車だそうだ。直線距離ではそれほどではないらしいが、確かにこの道を大量の人形を運んで登るのは骨だ。

「と言ってもやたらと蛇行しているだけで、直線距離では集会所からそこまで離れてはいないんです」

やがて車は古い橋の手前で停車した。下車すると山の寒さが身にしみた。前方では早くもそれぞれの車の荷台から人形の残骸が下ろされ始めている。

「あとは少しの間ここで待って、時間が来たらこの橋の上から人形を一斉に川へ投げ込みます」

手伝いながら一志が潮に教えてくれる。本当は自分も市流のことが心配でたまらないだろうに、気丈に振る舞っているように見えた。

「それは確かにすごそうですね。でもまたどうしてそんなことを?」

「九州では各地で夏に精霊流しが行われるが、あれは死者の魂をあの世へ送る行為とされている」

「ええ。先生のお察しの通り、この傀儡流しも同様です。流すのは人ではなく役目を終えた人形達の魂ですが。あ、もちろん流した人形は日没前に下流で全て回収しますよ。流されてきたものが自然と溜まる淵があるんです。回収した人形は乾かしてから後日正式に全て火で浄《きよ》めます」

つまり燃やすということだろう。

傀儡流しは午前十時に始まるというので、潮はそれまで川沿いを歩いて時間を潰した。ガードレール越しに川を見下ろす。結構高い。ちょっとした谷を覗き込んでいるようだ。上流ということもあって川幅はそれほど広くないが水量は多く、深そうだ。水も透き通っている。

傀儡流しを行うのはせいぜい二十人前後だが、それ以外の村の人々は下流の川沿いに陣取って人形が流れてくるのを待っているという。マラソンを沿道で応援するような心境ですかねと先ほど虹彦に言ったら鼻で笑われた。

冷たい風が潮の髪を揺らす。吹き下ろしてきた方向を見上げるとそちらは串間山の山頂だ。

伝承ではかつてこの山に恐ろしい狒々がいて、現在ではその花嫁の生人形《いきにんぎょう》いちるが棲《す》むという。

いちるは今日も、今も、この祭の様子を眺めているのかしら——。

奇《く》しくも同じ名の女性が不穏な出来事に巻き込まれたことも、知っているのかしら。

ほうれっ！

突然山に太い声がこだまして、慌てて振り返る。

人形の手が、足が、胴が、首が——宙を舞っていた。

ハッとして腕時計を見るともう十時になっていた。

戦いを終えた鳴葉人形達が、男達の手によって橋の上から次々に川へ投げ込まれていく。

「け、結構荒っぽいんですね」

潮は慌てて虹彦の隣へ駆け寄った。彼は食い入るように一部始終を見つめている。

一瞬、潮は傀儡流しよりも虹彦の横顔に見入ってしまった。ヘンテコで変態的でデリカシーもお金もない人だけれど、潮は未知の祭に出会った時に虹彦が見せるこの表情の煌《きら》めきだけは、いくらか認めていた。表情を認めるというのも変な話だが、認めてあげてもいいわ、と思う。

なるほど確かにあなたは秘祭ハンターです。魂の芯から。

思いにふけりながら視線を戻すと、すでに川は人形で埋め尽くされていた。

ガチャガチャ——クルクル——。

手足がぶつかり合いながら、首が回転しながら、人形は流れていく。

「すごい眺め……」

潮は見入った。あるいは魅入《みい》られた。

うとうとした時に見る夢のような、不思議な光景だった。

「わたし、いくら人形とはいえ、人の形をしたものがたくさん川を流れると聞いてもっと怖い光景を想像していたんですけど、これは怖いっていうより幻想的って感じですね。昔話のことも踏まえて眺めると、ちょっと切ないような気持ちにすらなってきま……すね……センセイ……」

珍しく祭に対して真面目な感想を述べていた潮だったが、あるものを視界に捉えてその言葉は尻すぼみになっていった。

今のはなんだろう。なぜあんなものが流れている？

見間違いだろうか……？

いや——さっきも、集会所でもそう思って、やっぱり見間違いではなかったじゃないか。

つまりあれは——。

「センセイ……センセイってば！　ちょっと！　あそこ！」

視線を固定したまま、必死に虹彦の袖を引っ張って知らせる。

「なんで……センセイ……どうして⁉　市流さんが！　川に！」

「見えてるよ！　市流さんだ。流されている！　ぼくの見間違いじゃなさそうだな……！」

無数の人形に紛れて人が、市流が流されている。

市流だ。集会所で眠っているはずの。

彼女は真っ赤なワンピースを着て、川の水に力なく押し流されていく。

その赤は人形達の残骸の中にあって一際目を引いた。

ワンピースの短い裾から彼女の病的に白い足が覗く。

右足は見当たらない。

どこかの岩にぶつかったためか、市流の義足は他の人形の残骸に紛れてとても見分けがつかなかった。

その様子に気づいたのは潮達だけではなかった。何人かの男達の顔が青ざめている。その中には一志も含まれていた。皆ガードレールに両手をつき、目を見開いて川を覗き込んでいる。

市流の体はすぐに水の中へ沈み、人形に遮られて見えなくなった。チラチラと赤い色が見えたような気もしたが、あっという間に下流へと消えた。

「な……なんてことだ！　人が流された！」

「あれは御廻部さんのところのお嬢さんじゃないのか⁉　大変だあ！　す、すぐに下流の連中に知らせろ！」

人々は冷静さを欠いた様子で右往左往《うおうさおう》していた。

「だ……だがあの様子じゃもう……」

誰かの言ったその言葉で場がシンと静まり返った。反論する者はいなかった。一志を除いて。

「車を出す！　俺は下に降りる！」

彼は叫ぶように言い、車のエンジンをかける。

「わ、わたし達も！」

とっさに潮も虹彦を引っ張って彼の車に乗り込んでいた。

一志は山道をゆっくりと下った。運転しながらしきりに川の方を覗き込み、流される市流を見つけようとしている。

もちろん潮も窓を開けて身を乗り出して懸命に探したけれど、川は人形だらけで到底見つけられるものではなかった。風に顔がかじかんで涙がにじんだだけだった。

途中、ちらほらと川沿いに村の人達の姿を見た。老夫婦、家族連れ、仲良しの子供達。人々は流れてきた人形を見るや、用意していた色とりどりの紙吹雪を川へ向かって一斉にパッと投げた。

自分達の身代わりとなった人形への手向《たむ》けのように。

通り過ぎる誰もが同じことをしている。これも古くからの祭の習慣なのだ。

けれど紙吹雪の降り注ぐ川の底で市流が冷たくなって流されていることを、彼らはまだ知らない。知らないまま、一年に一度の祭を楽しそうに眺めている。

ああ――。

やめて。どうかやめて。

そんな風にしたら、人形達と一緒に彼女の魂までも流されて、あちら側へ送られてしまうから。

◆

傀儡合戦、傀儡流しを経ていちる人形祭は終わった。

それからおよそ五時間後、下流の淵《ふち》から市流の義足だけが発見された。

流れ着いた無数の人形の中に紛れて――ほとんどそれらと違いのないような形で。

時間をおいて彼女の着ていた赤いワンピースも発見された。御廻部家に手伝いとして出入りしている老婆に確認を取ったところ、以前市流が町でそれと同じ洋服を買ったことがあったという。すぐに自宅のタンスを調べてみたところ、確かにそのワンピースはなくなっており、間違いなく市流の洋服であることが確認された。

しかし、すっかり夜になった今も本人はまだ発見されていない。

事件のことはもう村中に知れ渡っている。

最初に自宅で報《しら》せを受けた時、定橋は魂が抜けたように力なく膝をつき、何も言葉を発しなかったという。

「では怨恨《えんこん》か痴情のもつれですね」

神野原真鈴《かのはらますず》は、一通り事情を聴取し終えるなりそう言った。

「御廻部定橋は以前から一部の村人の反感を買っていた。その横暴さは時に恨みすら買うことがあった。そして御廻部市流は大切な一人娘。だから彼女が狙われた——という可能性」

彼は地元の若い刑事で、通報を受けて日没とともに村へやってきたのだが、潮の目にはあまり刑事らしく見えなかった。もっとも本物の刑事などほとんど見たことがないけれど。

「で、御廻部市流は他県の家との養子縁組が決まっていた。それは傍目《はため》に見ても明らかにお家のための政略結婚だった。そして市流さんは傍目に見ても別嬪《べっぴん》さんだった。となれば彼女に恋慕していた村の男の誰かが、恋に狂って凶行に走った——という可能性も充分考えられるね」

年齢は二十代後半くらいなので虹彦と同年代なのだろうが、なんとなくノリが軽い。

「事件の直前に妙なことも起きてたんですよね？　なんだっけ、人形の山？　の中になぜか市流さんが押し込められていて、危うく事故が起きるところだったと」

最初の事件が起こる前――つまり合戦の最中、市流を含めた村の多くの女性達は御廻部家で夜通し宴会の準備していた。その最中、市流は日の出前に足りない食材を近くの畑から獲《と》ってくると言って、一人外へ出ていったきり一時間経っても戻らず、女達が心配して探し始めた頃にあのような形で発見されたという。

「そのことと合わせて考えると、彼女の川流れは事故とは考えにくいですもんね」

神野原刑事は村に来るなりざっと事実関係を調べると、早々にそう結論を出してしまった。テーブルには彼が食べたお菓子の包み紙が転がっている。それがやけにキラキラとしていて、見ていると潮はなんだか気が滅入《めい》った。

「そうなると誰かが市流さんを殺すために中間山に呼び出したってことになる。あ、まだ見つからないの？　ご遺体。いやー生きてないでしょ。この寒さだよ？　ここは大人しく日が昇るのを待とうか。我々大人だし。そうしよう」

彼はしきりに他の警察官に話しかけてはいるが、大抵相手が答える前に自分で結論を出して話を進めてしまっている。

「えっと、流れてきたのを目撃されたのは午前十時過ぎ？　正確には十時八分か。犯人は恨みや嫉妬《しっと》を抱いていて、なおかつその時間にアリバイのない人間ってことで」

「待ってください」

思わず口を挟んでしまった。

「なんだい？　えっと……たな……たな……田中さん……じゃなくて、えっと」

「いえ田中です。田中潮です。合ってます」

「そうそう田中さん！　そっちの偉い先生と一緒に祭に参加してたって子だっけ。というかこんなヘンテコな祭があったんだねぇ。この地方に住んで長いけど俺全然知らなかったよ。しかもさ、くれぐれも他所で言いふらさないでくれって御廻部さんに釘まで刺されちゃったよ。なんか怖いね。で、何かな？」

潮達は集会所で事情聴取を受け終えたところだった。虹彦はストーブに向かって足を伸ばして爪先を温めている。「緊張感！」と潮に窘《たしな》められても彼は温めることをやめなかった。

「あのですね、川の上流に行く道路にはわたし達を含め、傀儡流しを行うために来た人達が大勢いて、半ば道を塞いでいました。そこを誰かが通って上へ行けば必ず目に留まったはずです。でも誰も市流さんの姿は見ていません。もちろん犯人らしき人も」

「先に登ってたんじゃないの？」

「いいえ。市流さんは出発前に妙な形で発見されて、この集会所の奥の一室に寝かされていました。先に出発したなんてことはありえません。そもそも市流さんは右足が義足だったんです。歩く時には杖もついていました。そんな彼女を連れて先回りなんて犯人には無理です」

神野原は狐《きつね》っぽい目元をさらに細めて嫌そうに潮のことを見た。

「じゃあ犯人の車に乗せられてたんだね。もしかしたら山を登る他の道もあるかも。ねえ、そのことを村の人に訊いてみてくださいよ」

彼は玄関口で立っていた警官にそう命じると、自分もストーブに手の平をかざした。

今度は虹彦が嫌そうな顔をした。

「あの少年はなんと言っていた？」

嫌な顔をしたまま、虹彦は刑事に尋《たず》ねた。顔も見ずに。

「えっと、あなた椿先生だっけ？　作家？　本出してるの？　すごいなー。今度読んでみようかなー。電子版ある？　ないの？」

「君の人生には必要ない本だと思うよ」

「で、少年って？　ああ、逢人って子？　気になるんですか先生」

逢人の事情聴取は潮達よりも前に行われている。人形の山の中から発見された市流を看病していたのは逢人で、したがって最後に市流の姿を見たのも彼ということになるわけだから、優先して聴取されるのも当然だった。

逢人が市流を看病している間、祭の準備で他の大人達は皆集会所を空けていたという話は、警察が村へやってくる前にすでに聞いていた。だが逢人が集会場の表にあるトイレから戻ってきてみると、布団から市流は消えていたという。川の上流で流される市流が目撃され、一志の車で下に戻ってきた時、逢人は髪を乱し、全身雪にまみれた格好で放心していた。

いなくなった市流を探してあちこちを駆け回ったのだということが一目でわかった。逢人は雪積もる地面に両手をつき、生気のない顔で兄にこう繰り返した。

——なんで。どうして。市流。市流。

その姿は痛ましく、潮にはとても直視できなかった。

「それがですね、逢人少年はこう言ってましたよ——……って部外者においそれと教えられるわけないでしょーが」

神野原はふざけたように両手を虹彦へ向けて笑った。他意はないのかもしれないけれど、微妙におちょくっているように見える。

「彼はとりあえず家に帰しましたよ。でもまー、可哀想《かわいそう》な子ではありますねー。相当責任感じてるみたいで。自分のせいだって、そればっかりですよ。あ、言っちゃった」

そうこうしていると別の警官が外から戻ってきて、何やら神野原に報告した。

「兄の方、やっと落ち着いた？ そ。じゃ事情を聴取といこうか。先生とたな……田中さんはもう帰っていいですよ。わー外、寒いねー」

神野原刑事は休みなく喋りながら警官とともに外へ出て行った。結果的に部屋には潮と虹彦だけが残った。

「……これからどうなっちゃうんでしょうか」

本来なら今頃はもう東京に戻っているはずだったのだが、こんな状況ではそういうわけにもいかず、二人は明日まで村に留まらざるを得なくなってしまった。

「なんか……センセイと秘祭調査に行くと毎回大変なことに巻き込まれているような気がします」

「いつも君が強引についてきているだけだろう。素直に財布だけを託してくれればいいものを」

「なんて言い草なのかしら。あ、みかん」

虹彦は社会人としてとんでもない発言を平気でしながら、ストーブの上でみかんを焼いていた。

「ずるい」

「あっちのテーブルにたくさん置いてあるよ」

「本当だ。センセイは焼きみかん派ですか」

「焼くと甘くなる」

「でもみかんを下手に熱すると、大切なビタミンが壊れちゃうって聞いたことがありますよ」

「皮に守られているから平気だ」

そういうものなのだろうか。屁理屈《へりくつ》のように聞こえるけれど、下手にツッコむとこっちが間違っている場合もあるので大人しくしておく。

「でもわたしは冬でも冷凍派。外の雪の中に入れておいたら凍るかしら」

などと独りごちていると虹彦が「ささくれってさあ」と、ヘンに気やすい口調で話し始めた。

「困るよな」

「何を改まってすごく普通のことを」

「あれは栄養分の不足が原因でできるものらしいけど、水分の不足も関係しているんだってな。だから乾燥する冬場にできやすいのかな」

言いながら虹彦はストーブにかざした自分の指先を眺めている。

「別にセンセイの指にささくれのようなものは見当たらないですけど」

「気をつけてるんだよ。ささくれは怖いからね」

「怖い、ですか？」

そうだろうか？　喜ばしいものではないが、別に怖いとは思わない。

「怖いよ。これはぼくの知り合いの体験談なんだがね、ある冬の朝に目覚めたら右手の薬指にささくれができていたんだそうだ。彼は寝ぼけ眼《まなこ》のままそれをつまんで勢いよく剝がそうとした。豪胆というか、大雑把《おおざっぱ》な男なんだ。ところがだ、ささくれは途中でちぎれることなく、そのまま薬指の第二関節を越えたあたりまでベローンと」

「嫌あー！」

思わず耳を塞いだ。

「彼はささくれを甘くみていたんだな」

「淡々と嫌な話を聞かせないでくださいよ！」

「嫌だった？　そう？　こういう話ならもっとあるよ。聞く？」

「嬉しそうな顔！」

潮は改めてこの男の人格と神経を疑った。

「とにかくだ、ささくれの中にはたまにとんでもないのが潜んでるって話だ。それはある意味で人の体のほつれってやつなのかもしれない」

「ほつれ？」

「ほら、セーターの端っこから飛び出してるやつ。毛糸を引っかかったらどこまでも解けていってしまう、あの感じだよ」

それは潮にも経験がある。昔、マフラーのほつれを枝に引っかけたままそうと気づかず歩いていたことがある。通行人にクスクス笑われて、何かしらと振り返ると十メートル以上も毛糸がほつれていた。

あれは赤いマフラーだった。潮はその時人生で初めて赤い糸を意識した。相手は街路樹だった。

「ささくれは人間のほつれだ。つまんで引っ張ると自分というものが解けてしまって、下から隠れていた別の自分が出てくることがある。中身が」

「また嫌なことを……」

なんだかわかるようなわからないような話だ。しかし無駄に想像力豊かというか、作家らしいと言えばらしい。

「本当の自分が解放されるっていうことですか？」

だから潮は他愛もない話に少し付き合ってみることにした。

「本当の自分なんてないよ。君、物事の表面部分、上っ面《つら》は偽物で、普段隠されているものが本当なんだ、なんて考えは捨てることだ。そういう人間は一皮めくったその下にあるものを見るとすぐにそれに飛びつく。物事の真実を見たような気になって満足する。万事《ばんじ》は表と裏の単純構造なのだと思い込む」

付き合ってあげたのにいきなり散々な言われようだ。

「めくったその下にももう一枚あるとは考えないのか？　表面とその下、両方に半々の真実が宿っているとは思わないのか？　なんとか言ってみろ潮くん。愚《おろ》か者。謝れ」

「なんで謝らないといけないんですか」

いい具合に焼けたようで、虹彦は少々てこずりながら熱々の焼きみかんを剝《む》いていく。

一皮、剝がしている。

「見ろ。この中身はみかんだ。だがこっちの皮だってみかんだ。それとも皮の方は偽物だとでも言うのか？　みかんもどきか？」

虹彦は実に偉そうに講釈を垂れ、みかんを一気に頰張った。

「熱っ！」

本気で熱がっている。この人は一体何がしたいのか。

「わかっていることは二つだ。どこに真実があるかにかかわらず、人は普段隠している部分をそう簡単にさらけ出したくはない。そして冬はささくれができやすい」

「はあ」

「そして心もささくれ立ちやすい」

「三つじゃないですか」

「だからぼくはこうして焼きみかんでビタミンと水分を補給しているんだ」

熱っ！　とまた虹彦が口元を押さえた。

一応、みかんとささくれは繫がった話ではあったわけだ。けれど、繫がったとてそれが何？　といったところだ。

「もうそういう脱線はいいですから」

そろそろ真面目になりましょう、と潮は虹彦の隣に正座した。

「センセイ、どう思います？」

「今夜は吹雪きそうだ」

「そうじゃなくて、市流さんの事件のことですよ。誰があんなことを……」

「それを調べるのは警察とさっきの軽薄刑事《デカ》の仕事だ」

「それはそうですけど。なんですか早速変な渾名《あだな》つけて。怒られますよ。逮捕ですよ逮捕」

夜風が窓のすりガラスを叩く。潮は無意識に我が身を抱いた。

「市流さん……あんなに色々とよくしてくれたのに……どうして……」

記憶の中の市流がそっと微笑む。だが改めて考えてみて気づく。潮は彼女の笑顔というものをまだ一度も見ていない。

「もうお礼も言えない……」

「言えるとしたら？」

「…………さすがにその冗談はタチが悪いです。本気で嫌いになりますよ」

「ぼくは別に本気で一向に構わないが」

「……どこ行くんですか？」

見ると虹彦は立ち上がってすでにコートを羽織っていた。

「事件の解決云々《うんぬん》はどうでもいいが、またとない祭見物の機会に水をさされたのは面白くない」

「またそんなこと言って。このお祭りファーストセンセイは……」

「だから文句の一つも言いに行こうと思う」

「文句？　誰にですか？　犯人にとか言わないでくださ……ちょちょ……待ってくださいよ」

虹彦は焼きみかんを一つポケットに忍ばせて靴を履き、集会所の戸に手をかけた。

「ここは一つ、ほつれを引っ張ってみようじゃないか」

「ほ……？　あ、待って！　わたしも行きます！　行きますってば！」

◆

祭の後の鳴葉村は表向きひっそりとしたものだった。それでもショッキングな事件に人々の心中は穏やかではないはずで、そのためか家々の戸は固く閉ざされ、息を潜めているようにも見えた。

「センセイ……ここって……」

虹彦が向かったのは御廻部の敷地内にあるあの人形工房だった。玄関で家政婦の女性に最低限の挨拶《あいさつ》だけすると、虹彦はズカズカと庭へ踏み入ったのだった。

彼はノックもせずいきなり工房の戸を引いた。

「やあ、冷えるね。邪魔するよ」

工房の中にいたのは逢人一人だった。彼はハッとこちらを振り返る。

「あんたらか……もう祭は終わったんだ。さっさと東京に帰れよ」

口の悪さは相変わらずだが、その顔は明らかに憔悴《しょうすい》していた。一睡もしていないのだろう。もっともそれは潮達も同じだ。

「言われなくても帰る。寒いしな」

虹彦は肩を竦《すく》めて見せてから、手近なスツールに勝手に腰をかけた。居座る気かよと逢人は露骨《ろこつ》に顔をしかめた。そんな彼の視線を受けて、虹彦はグッと背を反らせて逢人の背後を探るような動きを見せる。

「ところで逢人少年、今慌てて後ろに隠したのは制作中の人形の足かい？　それとも——人のための義足かな？」

逢人の動きが止まった。

真似をして潮も覗き込んでみる。確かに机の上に作りかけと思われる足が置いてあった。

大腿部から下の部分だ。

「チラッと見えたもんでね」

「これは……兄貴の……」

それは人形のための足には見えなかった。

「君の――だろう？」

即座に訂正されて逢人は口をつぐんだ。

「いや、別に責めてるわけじゃない。君だって人形師見習いなんだから人形を作るのは当然だ。ただその足は義足のようだな。そして素人目に見ても大した出来だ」

確かに作りかけとは言え、その足の全体のなめらかな造形は目を瞠《みは》るものがあった。そして大腿部、膝、脛《すね》、足首、爪先――それら各部の接合の無駄のなさは感心の一言だ。

その出来栄《ば》えは率直に言って彼の兄、一志の腕を超えているように思えた。

「大した才能だ。昨日ここで話した時はそんな様子おくびにも出していなかったが、兄貴の手前遠慮していたのかな？」

「あんたには関係ないことだ」

「本当に腕がいい。まるで足だけで生きているみたいだ」

「だからそれがなん――」

「柄《がら》じゃないし、全くそんな役割でもないんだが、一つ推理を聞いてもらおう。あ、焼きみかん食べるかい？」

少年は相手の出方がわからず明らかに困惑《こんわく》している。それは潮も同じだった。

虹彦はゆっくりみかんの皮を剝がしながら、話を続けた。

「今朝、傀儡流しの最中に川の上流から市流さんが流されてきた。あれには驚いた。誰も彼も、ぼくも目を奪われた」

「そりゃあんなことが起きたら誰だって」

「あれは市流さんではなく、君が作った人形だったんじゃないか？」

虹彦が言葉を発した瞬間、逢人は悪い予感が当たったとでもいうような、苦しげな表情を浮かべ、顔を逸らした。それが彼の答えだった。

「市流さんそっくり……どころではなく、生き写しの人形。君は一人で、誰にも、兄にも秘密でそれを作り、傀儡流しに紛れさせて流した」

もはや虹彦は問いかけではなく、断定している。

「順を追ってぼくの考えを言おう。傀儡流しが始まるまでの間、君は集会所で市流さんの看病をしていた。それは君の強い希望でもあった。我々が一志くんの車で出発した後のことだから これは想像になるけれど、君は大人達にこう言ったんじゃないのか？　看病は自分一人でやるからみんなは年に一度の祭をしっかりと執《と》り行い、楽しんでくれと」

逢人は何も言わない。

「教えてくれないなら後で村人に尋ねて回るだけだが」

「言った、かもね」

「だろうね。大人達からすれば年に一度の大切な祭だし、当然疎《おろそ》かにはできないから君の言葉は渡りに船だった。加えて御廻部家と南雲家、市流さんと君達兄弟の近しい関係性を知ってもいたし、任せることにしたんだろうね。そうして君は集会所の奥の個室で市流さんと二人となり、狙い通り人目を避けて自由に動ける時間を手に入れた」

「その時間を利用して山に入ってあんなことをしたっていうんですか？　あ、逢人くんが……？」

「そうだよ潮くん。あの時、住民のほとんどが傀儡流し見物のために川沿いに集まってい た。集会所の裏口から抜け出して山に入ることは可能だったわけだ。もちろんこの村で生まれ育った彼の頭には、細い山道から獣道まで、山のルートはすっかりインプットされていただろう。あとは傀儡流しが始まる午前十時までに目的の地点まで登り、そこにあらかじめバラして隠しておいた市流人形を組み立てて時間通りに流すだけだ。ご丁寧に右足を外して、わざわざ目につきやすい真っ赤な洋服まで着せて」

虹彦の言った市流人形は、伝承にあるいちる人形とは別のもの。脳内で整理するのに少し時間がかかった。

「もしかしてそのテーブルの上の足は……外しておいた人形の足……？　それとも市流さ

んの」

「そんな質問はいい。それよりもだ逢人くん」

潮の質問は容赦なく却下されてしまった。

「君はすぐさま最短ルートで山を下り、決めておいた場所で流れてきた市流人形を川から回収した。これも事前に追いつくまでの時間を計算し、拾いやすいポイントも割り出しておいたんじゃないかな」

「回収？　そんなことしたって、その後はどうすんのさ」

そこでようやく逢人は異議を唱《とな》えた。

「いくらなんでも人形丸ごと持ち運んでいたら人目につくだろ。解体してバッグか何かに入れるにしても目立ちすぎる。どこへ持っていって、どこに隠したっていうんだよ」

彼の反論はもっともだった。

「持ち運ぶ？　隠す？　そんな必要はない」

「……なんでだよ」

「わざわざ別の場所へ持っていく必要なんてない。せっかく目の前の川を無数の人形が流れているんだから」

そこまで聞いて潮にも理解できた。

「一旦回収した市流人形の顔だけを川辺で拾い上げた岩か何かで潰し、判別できないようにしてから改めて流せばいい」

「そうか……他の人形はどれもあらかじめ同じように破壊されてるから……」

顔を失った市流人形はその他の人形と同化する。同化し、紛れ、下流の淵に流れ着き、一まとめに引き上げられた後で全て燃やされる。手を下さなくても勝手に証拠は消される。

「もちろん赤いワンピースは脱がせて別々に流した。自分が作った市流人形を特定させないために」

逢人はテーブルに力なく腰を預けたまま、俯いて話に耳を傾けている。

「下流の淵で発見されたという市流さんの義足も、その時に一緒に流したのかな？　まあどこから流したっていいんだが、かくして君の作った市流人形は市流さんの身代わりとなって流され、表向き市流さんは生死不明、行方不明ということになった」

「そ、そ、それじゃセンセイ……本物の市流さんは今……」

「どうして人形だと思ったの？」

潮の言葉を遮ったのは逢人だった。

「我ながらかなりよくできたと思ってたんだけど。その上、あれだけの数の人形に紛れて川の流れに揉まれてたのにさ」

「よくできていたさ。君の言う通りあれだけの数の人形の中にあって、君の作った人形だけが人間のように見えるほどにはね」

それは虹彦なりの最大限の褒め言葉だろう。

「なら……」

「今言った洋服が問題なんだ。赤いワンピース」

「お嬢だって……たまには明るい色の服くらい着たくなるだろ」

「確かに彼女はいつも黒い服ばかりだと言っていた。だが問題は色じゃない。スカートの丈だ」

「丈……」

潮はオウムのように虹彦の言葉を繰り返し、自分のスカートを見下ろした。

「短すぎたんだよ。市流さんが身につけるにしては、な。彼女は自分の足のことを気にしてか、それを隠すためにいつも丈の長いロングスカートを着ている節があった。それなのになぜ川で目撃された時、あんなに短い丈のワンピースを着ていたのか、それが不思議だった。それもあんなに冷える山中でだ。どうも腑《ふ》に落ちなかった」

市流がそう言っていたことは潮も覚えていた。言われて思い出したという方が正しいけれど。

「あのワンピースが彼女の持ち物であることは本当だろう。それを君が持ち出し、あえて着せた。こだわり——だったんだろう?」

「お……俺……」

逢人はとっさに何か反論を試みようとわずかに肩を上下させたが、結局彼の口から出たのはある種の敗北宣言だった。

「……せめて着せてやりたかったんだよ。丈の短いスカート。いつもタンスの中にしまったままで、たまにそっと引き出しを開けて悲しそうに見つめたりしてるもんだから……つい、さ」

「逢人……くん」

死装束《しにしょうぞく》を晴れ着に──。

工房の古い振り子時計が鐘を鳴らした。夜の八時を指していた。

「そうだよ先生。あれは人形だ。市流じゃない。俺が……誰にも内緒で作った人形。夜中に兄貴の目を盗んでここに忍び込んだり、作りかけの人形を屋根裏に隠したりしてさ。随分苦労したんだぞ」

逢人は「あーあ」と言って背を反らせて天井を見た。その他、虹彦が語った点について彼は何も否定をしなかった。

「でもさ、どうして俺が作ったって思ったの？ 普通まず疑うのは兄貴だろう？」

確かにそうだ。これまで見聞きした情報の中から考えれば、精巧な人形を作って今回のようなトリックを実行し得る第一の人物は一志のはずだ。

「理由は二つ。小さなことだ。一つはこれ」

虹彦はぞんざいな動作で潮を指差す。正しくは潮の足元を。

「へ？　わたしの足？」

「昨日ここで話をした時、別れ際に君はこの潮くんの足元を見てなんと言った？」

「……なんか言ったっけ？」

「覚えてないか。じゃあ単純に職業病というか、気になって指摘してしまっただけだったんだなアレは」

「あの時逢人くんに言われたこと……なんでしたっけ……あ」

思い出した。思い出して、こんな時だというのにまた腹が立ってきた。

――あんた、その靴似合ってないよ。全然合ってない。

「そう。だがあれは何も潮くんの靴のセンスを問うために言った言葉ではなかった。いや、言葉の前半にはそういう意図もあったかもしれないけど」

「うるさいですよ」

「でもぼくはその言い方にちょっと引っかかっていた。全然合ってない――君はわざわざそう言い直していたんだ。合ってない？　なんとだ？　洋服とのコーディネートの話か？　言っちゃ悪いが十五、六歳の田舎の男の子が東京から来た女性のコーディネートの欠点を一目で見抜いたっていうのか？　デザイナー志望でもない、人形師見習いの彼が？」

「つまり逢人くんの意図は別にあったってことですか。わたしのセンスが疑われたわけではなかったと！　そういうことですね！」

「何喜んでるんだよ。下がれ下がれ。檻《おり》に戻れ」

扱いが酷い。

「逢人くんはこう言いたかったわけだ。その靴、あんたの足の形に合ってないよ、と」

「え、そういう意味？」

潮は思わず確認のために逢人を見た。彼は参ったなあという顔で頷いた。

「足の形に合ってない。もっと細かく言えば左右のサイズも違う。あんた、歩いててよくつまずいたり転んだりしない？　あと靴擦れも」

「す……………する！」

「それ、靴のせいだよ。だから」

合ってないんだよと逢人は言った。

「そういう意味だったの……」

潮は生まれてこの方慣れ親しみ、ともに歩んできた我が両足を改めてじっくりと見下ろした。左右のサイズの違いなんてよくわからなかった。パッと見ただけでそのことを見抜いた逢人少年の慧眼《けいがん》に舌を巻く。

「見栄えとかブランドばかりに気を取られて、足に合ってない靴を選んできた弊害《へいがい》だな。愚かだねー潮くん」

「踏んづけましょうかセンセイ」

片足を上げて足の裏を見せて脅《おど》すと、余計なものまで見えるぞと指摘されて慌ててスカートを押さえた。

「生まれつきなのか、逢人くんは人体の形やバランスを三次元的に正確に見抜いて把握する能力に著《いちじる》しく長けているらしい。だとすれば、この少年は実は卓越した職人の目を持ち、すでに兄を超える人形師の腕を持っているのでは——と考えた。まあその時点ではなんの意味もない、単なる想像だ」

その能力は確かに人形師として大きな才となるのかもしれない。

「逢人くんが人形師として兄を超えているかもしれないと考えた理由、二つ目」

そういえば二つあると言っていた。

「君達兄弟の父親、南雲幸造氏は優秀な人形師だったそうだが、一志くんは昨日こう言っていた。父は最後まで認めてくれず、師匠とは呼ばせてくれなかった——と。でもね、その後改めて逢人くんが会話に入ってきた時、彼は父親のことをごく自然に〝師匠〟と呼んでいたんだよ」

そう——だっただろうか。色んな会話をしたので覚えていない。言ったような気もするけれど。

「それでもしかしたら幸造氏は、逢人くんにだけは密かに陰で師匠と呼ぶことを許していたんじゃないかと、ぼくは思った。とりも直さずそれは幸造氏が一志くんよりも弟の逢人くんの才能を見抜き、認めていたからじゃないかな?」

虹彦が視線だけで逢人くんに水を向けると、彼は複雑そうな表情で薄く笑った。

「師匠って言ったって、特別手取り足取り何かを教えてくれたわけじゃなかったよ。ただ時々俺の作ったものに目を止めてぶっきらぼうに褒めてくれた。難しい課題も与えてくれた。俺はそれだけで嬉しかった。だけど兄貴には……とても言えなかったよ。だってそうだろ? 兄貴は昔から本当に努力してたんだ。親父を超えるような最高の人形師になるんだって」

だが期待をかけられていたのは弟の方だった。

「みんな君が計画して実行したこと……だったのね。でも、だけど一体なんのためにこんなことを」

「野暮《やぼ》だね潮くん」

「野暮って?」

「あ、その最高に間の抜けたお嬢様顔、いいなー。ぼくは好きだなー」

思いきりバカにされている。

「彼はね、市流嬢を救い出したかったんだよ」

「そ……そぉなの?」

答え合わせを求めるように逢人のことを振り返ると彼は——鮮やかに顔を紅潮させて俯いていた。

「あ。え？　つまり君……市流さんのことを……？」

「悪いかよ」

少年に必死な眼差しで睨《にら》まれて、二の句を継げなくなってしまった。

つまりこの少年は——恋をしている。

何もかもを言い当てられて観念してしまったのか、逢人の体から見る見るうちに力が抜けていった。切なくなるほど萎《しぼ》んだ、痩《や》せた体が傾く。

「市流と……約束したんだ」

「約束？」

「駆け落ち……しようって」

「駆け落ち！」

「うるさいぞ田中」

授業中に叱《しか》られたような形になって潮は肩を竦《すく》めて黙った。

「家のためだけに親が勝手に決めた結婚なんて……そんなの認めるかよ。市流は……あいつは……父親の人形じゃない」

人形——。

「だから俺が計画して、祭の最中に市流は死んだってことにして、あいつを村から連れ出そうと……」

「それは……市流さんも承知していたことなの？」

「当たり前だ！　このことは何度も話し合った！　話し合った上で……」

だからこそ市流から赤いワンピースと義足を借り受けることもできたのだと、逢人は言った。

しかし本当にそうだろうか。なんとなくだが潮はそう思った。

「あなた達は……」

言いかけて、やめた。

市流と、目の前のこの少年がなぜ、いつからどのように心を通わせるようになったのか、それはこの場でどれだけ下世話な質問を重ねたところで、全てを理解することはできないだろう。

「最初の事件も君の仕業《しわざ》なのか？」

感傷にふけっていると、虹彦が無遠慮に口を開いた。

「あの人形の山の中から市流さんが発見された件だよ」

「あれは」

「ぼくは違うと思っている。今君の計画を聞いて尚更そう確信した。あの時も一歩間違えば本当に大変なことになるところだった。市流を死んだことにしたいならあんなことをする必要はない。あれは君にとっても想定外の出来事だったはず」

「つ、つまり犯人は別に……？」

虹彦の推理を受けて逢人は「そうさ」と頷く。

あれはこの少年のやったことではないのか。

「市流が大変だって報せを聞いた時は心臓が止まるかと思ったよ……。それから、いよいよ計画を急がなきゃって思った。やっぱり今しかないって」

「急ぐ？」

「市流さんは何者かに命を狙われており、それがいよいよ実行された。逢人少年はそう受け取り、彼女を村から逃がすことを改めて決意したんだろう」

「市流さんに恋慕していた誰かが、結婚する彼女を恨んで命を狙った……」

「はたまた御廻部家に恨みを持つ者が家を途絶《とだ》えさせようとしたのか。病床の定橋氏にしてみれば一人娘の縁談が最後の望み。それを絶ってやれと考える誰かが凶行に走った可能性もある。いずれにせよ市流さんの身が危ないと君は考えた」

「そうだ。だから俺は自分の計画を実行した」

「君が市流さんを他の場所へ匿《かくま》ったのね？」

ニアピンしたボールをこづいてカップに入れる要領で、潮はそう話をまとめた。ゴルフはまだやったことがないけれど。

しかし逢人は「違う」と大きく頭《かぶり》を振った。

「俺じゃ……ない。違うんだ」

「え……？」

「人形を流し終えて集会所に戻ってみたら……市流はいなくなってた」

「いなくなってたって……ちょっと待って！　わたしてっきり逢人くんがどこかに匿ってるんだとばかり……。それじゃ本物の市流さんは？」

「それが彼にとって二つ目の、そして最大の誤算だったんだ」

「俺が山へ向かう前に、市流はもう集会所で目を覚ましていたんだ。体も平気そうだった。だから俺、言ったんだ。今から計画を実行してくるから、戻ってきたら一緒に逃げようって。でも……」

けれど――。

「しかし君が戻ってきた時、市流さんはどこにもいなかった」

虹彦は躊躇いなく起きたことを述べた。

「最初の事件の犯人が市流さんをさらったのね！　彼女が人形の山の中から助かったことを知って……」

「つまり、駆け落ちなんていう前時代的で傍《はた》迷惑な計画を企《くわだ》てたことは別にしても、この逢人くんは罪らしい罪を犯していないということになるな。その迷惑は他ならぬぼくらが被《こうむ》ったわけだが、まあこの際それは水に流してもいい」

人形も流れていったしなと虹彦は強引にまとめた。

「市流さんは消えた。だから逢人くんは死に物狂いであたりを駆けずり回り、彼女を探した」

「それじゃ……わたし達が戻ってきた時の逢人くんのあの様子は……」

演技でもなんでもなく、本気で市流を心配して駆け回った証拠だったのだ。

「だが見つからなかった。そして今もって市流さんの行方はわからない」

虹彦はありのままを伝える。

「そうだ……わからない……どこにいるのか…………」

突然逢人が虹彦の腕にすがりついた。

「先生……どうしよう！　俺……どうしたらいい？　どうしても見つからなくて……市流が……市流が！」

彼は泣いていた。何かが決壊したように。

虹彦によってみかんはもうすっかり剝かれ終えていた。彼はそのみかんをぶっきらぼうに逢人に手渡すと、参ったようにそっぽを向いた。

「泣くなよ。涙は嫌いなんだ」

その言葉ほど虹彦の口調にトゲは感じられない。

逢人の様子は痛ましく、潮は見ていられなかった。けれどその一方で脳はやけに明《めい》瞭《りょう》に働いてもいた。

「あの……でもですねセンセイ。よく考えたら市流さんは今片足だけの状態なんですよね？」

わずかな申し訳なさを覚えながら手を挙げて発言する。

「だって彼女の義足は下流で発見されたんですもんね？　それなら犯人が市流さんをさらってどこかへ連れていくにしても、そう遠くへは連れていけないんじゃないかしら」

その考えを即座に逢人が否定する。

「ううん。義足は……もう一つあるんだよ」

逢人は服の袖で一生懸命涙を拭っている。こうして見ると本当にただの少年だ。

「市流は今新しい義足をつけてるはずだ」

「新しい義足って……」

「元々の義足は市流が死んだってことにするために流す必要があった。だけどそうすると市流は満足に歩けなくなる。だから俺が作っておいたんだ」

「君が義足を？　じゃあやっぱりそこに置いてあるのは市流さんのための……」

「これは最初に兄貴の見よう見まねで作った分。部屋には専門書もたくさんあるからな」

「それでも、作れちゃうんだ……」

「今市流がつけてるのも急場しのぎの試作品さ。まだまだだよ。でも市流の成長や体格の変化に合わせてこれからも義足を進化させていかなきゃいけないから、そっちの勉強もしてるんだ」

俺、市流の足を作るために生きていくんだ。

南雲逢人はなんの迷いも曇りもなくそう言った。言った先からそのきれいな瞳からまた涙が溢れ出た。

「なのにあいつは……」

いなくなってしまった。消えた。

「センセイ……どうしましょう。一体犯人は市流さんをどこへ連れ去って……あ！ そ、そうよ！ ちょうど今は村に警察の人達が来ているんだったわ！ すぐに市流さんの捜索をお願いしましょう！」

「愚かだねー君は。警察はその市流さんの捜索をしに村に来ているんだろう」

そうだった。

「でも！ 何かせずにはいられないわ！ センセイ！」

「確かに警察は動いているが成果は出ていない。なぜか。それは見当違いの場所を探しているからだ」

「そうですよね！　警察はまだ市流さんが川に流されたと思っているから……。それからすぐに警察に事情を説明して――」

「今からあの軽薄刑事のところへ行って、逢人少年から聞いた事実を全て話し、それを納得させて全体の捜査方針を切り替えさせるのか？　少々、いやかなり時間がかかりそうだが」

「そ、それは……」

「というか、ぼくは面倒臭い」

「センセイッ！　出資を打ち切りますよ！」

本気で睨みつけると珍しく虹彦が後退《あとずさ》りした。逢人も目元を赤くしたまま、期待するように虹彦を見ている。

「ああ、もう。そう睨むなよ。わかったから。彼女には色々恩もあるからな」

「センセイ！」

彼のその言葉だけで潮の表情は中国の変面《へんめん》さながらにパッと明るく変わった。

「だが正直なところ、市流さんをさらった犯人がどこへ行き、どこに潜伏《せんぷく》しているのか、それはぼくにもわからない。顔も名前も知らない犯人のことを精神分析《プロファイリング》し、行きそうな場所を特定するなんて無理だ」

「それなら……」

それはその通りかもしれないが、そんなにはっきり言われると気持ちが暗くなる。しかし彼の言葉には続きがあった。

「でも市流さんが行きそうなところになら一つだけ心当たりがある」

一瞬、なんの反応もできなかった。それは逢人も同じだったようで、彼と潮は無言で視線を交わし合った。

「あの、センセイ……状況わかってます？　今は犯人の狙いと思考を読み解いて足取りを突き止めないと！」

「状況はわかってるよ。だからこそそんな必要はないんだ。ああ、説明は移動しながらだ」

困惑した二人を残して虹彦は工房の戸を開けた。冷たく吹雪く夜風が吹き込んで彼のコートを大きく揺らす。

「言っておくけど、彼女がまだ無事かどうかまでは保証できないからな。それとこれとは別だ」

不機嫌そうな声が御廻部の庭に響いた。

◆

道端に並んで立てられている鳴葉人形の群れがこちらを視ている。見張っているのか、見守っているのか。

吹雪の中、虹彦は迷いのない足取りで民家の少ない方へ足を進めた。潮は彼を必死に追いかけ、時々転んだ。それでも追いかけた。ここで見失ったらもう二度と会えないような気がしてくるほど、深く冷たい夜だった。

しばらく進んでから虹彦は道の途中で立ち止まった。周囲は夜の闇。それでも降り積もった雪はほの白《じろ》く輝いている。

ともについてきた逢人が声をあげた。

「ここって……もしかして……」

彼は持ち出した懐中電灯で道路の左側を照らした。そこには細い横道があり、その先に森が広がっている。逢人には何か心当たりのある場所のようだったが、潮にはよくわからなかった。そもそもここがまだ村の中なのか、外なのかもよくわかっていない。

「この奥に市流さんにとって特別な場所がある」

そうだな？ と虹彦は確認するように逢人を見た。

逢人は躊躇《ためら》いがちに頷き、思い出したように両手に熱い息を吐きかけた。

「俺もよく知らないんだけど、子供の頃……市流が見つけた場所だって。誰にも秘密だからって、この先は連れてってくれたことはなかったな……。無理についていこうとするとその時だけは珍しく怒る……っていうか、拗《す》ねたような顔をして」

「つまりこの先は彼女にとっての……」

秘密の隠れ家。

友達にも親にも恋人にも秘密の逃げ場所。

「彼女にとっての、一枚めくったその下だ」と虹彦は潮にしかわからない言い回しをした。

「でもあんた……先生……どうしてここを?」

「ぼく自身さっきまで忘れていたよ。だが初めて出会った時、彼女はここで倒れていた。

そして助けた時に言っていたんだ。この先がお気に入りで、秘密の場所なのだと。もちろんこの先ということ以外は何もわからないが」

「そ、それじゃ彼女はこの先に連れ去られたんですか⁉」

「連れ去られちゃいないよ潮くん。市流さんが自分の足で、自らここへ来たんだ。多分ね」

「え? それってどういう?」

「市流は誰にもさらわれてなんかいない……?」

「ぼくはそう思っている。つまり——犯人なんてものはいないんだ」

誰も彼女を拐《かどわ》かしてなどいないし、傷つけてもいない。虹彦はそう言った。

「そ、それじゃ最初の……人形の山の時も?」

「そうだろうな。証言にもあったらしいじゃないか。市流さんは足りない食材を畑に獲りに行くと告げて自分から外へ出て行ったと。それが答えだったんだ。誰に何をされたわけでもなく、彼女は自ら宵闇に紛れて人形の残骸の山の中に隠れ潜み、その時を待っていたんだ」

「その時って」

「だから──村の男達が鉈で次々に人形の手足を切り落としていく時。そのまま誤《あやま》って自分自身の手足も切り落としてくれるその時をだ」

「か、彼女は……自殺をしようと……？　だから今も姿を消してこんなところまで……」

「どうかな。ぼくは違うと思う」

「ど、どっちなんですかセンセイ！　そんなの、まるっきり自殺行為じゃないですか。他にどんな理由があってそんな……」

「もういいから先へ進むぞ。あとは本人に直接訊けるように祈ろう。言っておくけどこの先に彼女がいないのなら、もうぼくには当てはない。外れても恨むなよ」

「当たり……だと思う」

逢人が横道の地面を照らす。

早くも降り積もる雪に消されかけてはいるが、そこにわずかに人の足跡が残っていた。それもどこか普通とは違う、独特の歩幅で。

誰ともなく頷き合い、先へ進む。

頼りない足跡をたどって白い森を進む。もはや道など消え失せている。市流の足跡だけが頼りだった。

歩き続けるうち、森の中に鏡のような泉が現れた。

ブナか何かだろうか。ささやかな泉の反対側に葉のない巨樹が立っている。夜の吹雪を受け止めてじっと立っている。

潮は均整の取れたその枝振りを見上げずにはいられなかった。

まとわりつく架空の香を振り払うように頭を振る。

違う。これは——違う。これはわたしの巨樹じゃない。

探しているあの樹じゃない。

足跡は泉のほとりに点々と残り、迂回《うかい》して巨樹の反対側へと続いていた。再びそれをたどって歩き出す。

潮はだんだん不安になってきた。なんだか、わからなくなってきた。

今たどっているこの足跡、本当に市流さんの足跡なのかしら？

この先に誰かがいるのだとして、それは本当に市流なのか。

果たして人間なのか。

わからなくなってくる。怖くなってくる。

いよいよ巨樹に近づくと、その裏側にわずかに開けた場所があった。

潮は冷たい息を呑んだ。

その広場に――人形達が集まっていた。

ある者は巨樹の幹に背を預けるように立ち、ある者は寝そべったまま雪に半身を埋め、またある者は低い枝に腰をかけて遠くの方を眺めている。

美しく恐ろしい光景だった。

「鳴葉人形だ」と逢人が震える声で言った。

「こんなにたくさん……でも一体どうして?」

「だから、ここが彼女のお気に入りの場所なんだろう」

虹彦は囁《ささや》くように言った。突然現れた人形達の眠りを、あるいはひそやかな談笑を邪魔しないように。

中に一際目を引く一体の人形があった。

その人形は雪よりもまだ白い長襦袢《ながじゆばん》の上に花浅葱《はなあさぎ》の羽織姿で静かに目を閉じ、巨樹の幹にもたれるようにして座っていた。両足は雪の中に埋もれ、力なく垂らされた両腕もすでに手首まで雪に覆われている。

美しく、悲しい姿だ。

ああ、そうか。ここにいたんだ。

最初の人形は……いちるは——ここに。

「市流ぅ！」

突然逢人が叫び、潮の脇を走り抜けていった。

彼はその人形に駆け寄った。抱きしめた。

潮は慌てて目を擦った。

目の前に眠るように居たそれは、人形のような——御廻部市流だった。

逢人の腕の中でぐったりとしている。唇は青く、表情は凍りついているかのようだった。

「い……生きて……？」

逢人に尋ねるのが憚《はばか》られて、そばに立つ虹彦の方へ顔を向けた。

「どうにかね」

「よ……かったぁ」

安堵してその場に崩れ落ちた。

「市流……市流！」

逢人は懸命に呼びかけながら、彼女の体を雪の中から引っ張り出した。

「でも……どうして彼女はこんな場所に一人で気を失って……」

雪から引っ張り出された彼女の四肢に、虹彦は懐中電灯を当てる。

「……凍傷になりかけている」

「それって……！」

最悪の場合手足を失うこともあるのでは――。

「すぐに近くの民家へ連れていって温めるぞ。潮くんは町へ電話して医者を呼べ」

「はいっ！」

市流は俺が背負う。逢人はそう言って譲らなかった。

「市流……どうしてこんな……！」

必死で彼女を背負いながら、逢人は運命に抗議するような声をあげた。

声に反応するように市流の白いまぶたが動いた。

――いいんです。

虚空《こくう》に消え去る粉雪のような、小さな声だった。

彼女はうっすらと目を開けて三人の顔を順番に確かめた。

「このままで……」

意識がある。幾分朦朧《もうろう》としているかもしれないけれど。

その時潮は電話が繋がるのを祈るように待っていた。その背後で虹彦のつぶやきを耳にした。

「道路脇から入ってこられる、そこまで山深くもない場所。自分の足跡を消そうともせず」

それは誰に言うでもない、強《し》いて言うなら凍《こご》えた市流に向けられたような言葉だった。

「そしてこの場所のことを我々や逢人に話していた。そして——我々はまんまと頃合いで助けにやってきた。これはあなたの思惑通り……ですか？」

一体センセイは何を言って——。

「何がいいって言うんだよ！」

逢人が叫ぶ。

「市流……こんなこと……どうして！　どうして俺を置いていっちゃったんだ！　心配したんだぞ！」

逢人の胸の内は今、悲しみや戸惑いや怒りがない交ぜになっている。

「そりゃ辛いことばっかりだったかもしれないよ！　家のこと……無理やりな結婚のこと……両親のこと……。それに……自分の足のこと……。だけど、俺がいるじゃないか」

「……ごめんなさいね。許してね」

堪忍《かんにん》してね。

表情を変えぬまま、市流は逢人に詫《わ》びた。

彼女の白い息が懐中電灯の灯りの中で花のようにパッと舞った。

「市流さん、貴女は——」

虹彦は人形達の方を向いたまま、言った。

「貴女は人形になりたかったんですね」

――はい。わたくし、好きなんです。人形。

◆

行方がわからなくなっていた御廻部市流は、南雲逢人によって山中にて発見され、無事保護された。

激しいショックと消耗《しょうもう》のため、彼女は事件前後の記憶を失っていた。結局犯人の手がかりはなく、全ては謎のままとなった。

これがのちの警察からの発表だった。

会能川を流れていたという話については、住民の見間違いだったのであろうということで収まった。

収まったのだが――。

伝承に登場する最初の人形、いちるが祭に誘われて姿を現したのではないか。だとすればそれは何かの不吉な予兆だ。いや、吉兆に違いない――。

今度は村の古い者の間ではそんなことが囁かれた。いずれにせよ、彼らは来年からますます祭に力を入れることだろう。

「あの人形達は……幸造さんが譲ってくれたんです。出来損ないの試作品だから好きにしなさいと仰って……子供の頃から少しずつ……少しずつ」

病室で目覚めた市流は天井を見上げたままそう言った。あの夜から半月が経っていた。

「人形をいただくたび、誰にも内緒であの場所に持っていったんです。幸造さんは出来損ないと仰いましたけれど、わたくしにはそうは思えなかった。あの子達は充分に美しかった。いいえ……あるいは出来損ないだからこそ愛着と親しみを覚え、執着《しゆうちやく》したのかもしれません。そしてわたくしは時折悩み事などをあの子達に打ち明けていたんです。あの場所を勝手に」

人形の森――などと呼んで。

潮はスツールに腰をかけ、市流のためにリンゴを剝いてやった。虹彦はベッドを挟んだ窓辺に立って外の景色を眺めている。

病室には三人しかおらず、皆が黙ると異様に静かだ。

「父の様子は……どうでしたでしょうか？」

問われて潮の手が止まった。

病院に来る前に御廻部家へも立ち寄ったのだが、定橋の顔を見ることはできなかった。

事件の日以来、彼は重なった心労からさらに弱ってしまい、今では起き上がることもできないという。

もう長くないだろう。村ではそう囁かれていた。今頃水面下では村の主導権を巡って争いが起きているかもしれない。

二人の沈黙から何かを悟ったのか、市流は「そうですか」とだけ言った。

「市流さん……やっぱりその……結婚することに耐えられなくてあんなことを……」

「違います」

市流はキッパリと否定した。およそ市流らしくない強い口調だった。

「違うの。潮さん。わたくしはね……人形になりたかったの」

「痛っ……」

手元が狂ってナイフで指先を切ってしまった。潮の人差し指を伝う赤い血を、市流はどこか恨めしそうに横目で見ていたが、やがて心に決めたように瞬きをして「亡くなった母は」と語り始めた。

「病によって日ごとに醜くなっていきました。手足は枯れ木のようになり、瞳は濁《にご》り、口は汚れて性根もひねくれてしまった。世の中を呪い、恨み、悲観して理不尽に周囲に当たった。わたしはいつもふすまの陰から、そんな恐ろしい母を見ていました。間違って目が合うと罵声《ばせい》や物が飛んできますから、そんな時は慌てて逃げ出したものです。いつも逃げて——人形の森へ逃げ込んで、隠れて泣いていました」

人形はわたくしを恨みませんし、来るなとも言いませんから。

市流は目を閉じ、何かを思い出している。

「本当に……怖かったんです。老いて、病んで、醜く、恐ろしい存在になっていく母が。そして、そんな母の血を継いでいる自分が」

いつか、同じようなモノになってしまうのじゃないかと思うと――。

「子供なりに母の辛さ、孤独、恐怖を想像し、理解してあげたいとも努めたのですが、うまくできませんでした。ただ恐れ、厭《いと》うことしかできず、そんな自分が嫌でまた泣きました」

家では恐ろしいモノへと変じていく母。森では物言わず在《あ》り続ける人形。

「その間を行き来するうち、わたしは人形達の不変の美しさに惹《ひ》かれるようになったのです。そんなものは奇人、人外境《じんがいきょう》の思想だと言われても否定はしません。でも、憧《あこが》れてしまったんです。わたしもこんな風になりたい。変わらぬモノになりたいと。だから」

「だから人形……」

気がつくと指から伝った血が一滴、二滴と床に滴《したた》っていた。

「ええ。そしてある時気づいたんです。思い出したんです。こんなわたしにも一箇所だけ変わらない、人形の部分があると」

思わず、そちらへ視線を向けてしまった。市流は視線を察して頷く。

「そうです。右足です。義足だけは病にも犯されない。老いもしないはずだわって」

言いながら、市流は潮の手をそっと取って指先を口に含んだ。

潮は一歩も動けず、彼女から目も離せなかった。

窓際で虹彦がカーテンを引いた。いつの間にか午後の日差しがきつくなっている。

市流さん。

虹彦は市流に背を向けたまま呼びかけた。

「貴女は右足だけと言わず、その他の四肢も意図的に失い、義肢に取り替えて永遠に美しいままの人形に近づきたいと考えた」

人形の山の中に潜んで己の手足を切り落とさせようとし、それが失敗すると今度は冬の雪山に一人で出て、手足を壊死《えし》させようとした。全ては彼女の自作自演。

「はい先生。どころか、顔も胴体も……心も……できることならと」

「それは密かにして大胆な欲望だ」

虹彦がどこか感心したように笑ったのが潮の位置からわかった。

「でも、わたくしは長い間踏み出せなかった。勇気がなくて、人形の側へ踏み出すことを躊躇っていたんです。けれど縁談が決まって、誰かの妻となるのだとわかったその時に」

いよいよ自分も母になるのだと意識したその日、たまらなく恐ろしくなった。

そして祭の日、とうとう市流は半歩踏み出してしまった。

「もしかして市流さんがロングスカートで隠したがっていたのって、義足の方じゃなくって……生身の方の……?」

一枚めくったその下。いずれ衰《おとろ》えゆく自分の足——。

「貴女の狙いを逢人少年は知らなかったようだが」

「ええ。このような狂った夢……人に話すのはこれが初めてです。ただ逢人さんは、この先ずっとわたしの新しい足を作り続けるからと……だから、一緒に村から逃げようと、こんなわたくしにいつも優しくって」

この先もしも愛する女性の四肢が失われても、彼なら新しい体を作ってくれる。市流はそう信じていたのだろうか。

「青少年をたぶらかすものじゃないよ」

「はい。あの子には本当に申し訳ないことをしました」

市流は上半身を起こそうと体を揺すった。潮はそっと彼女に手を貸した。

「ありがとう」と言った彼女には右足も、左足も——なかった。

懸命な処置も虚《むな》しくあの夜の雪は無慈悲に彼女の足を凍らせ、奪っていってしまった。

鳴葉村の冬はとても冷たかった。

彼女が左の足も失くしてしまったことは、結婚相手の家にも伝えられたようで、数日前、正式に破談の申し入れがあったという。

「今はなんだか体が軽いです。ダイエット成功ですね」

「市流さん……」

「冗談です。すみません」

何も返すことができなかった。窓の外を一度だけ強い風が通り抜けていった。しばらく経ってから市流は、自分の足のあったあたりを眺めながら言った。

「わたし、いつの間にか人の心の方を先に失くしていたのかもしれません」

「バカだ市流さんは」

即座に虹彦が言った。はっきりとそう言った。

市流は少し驚いたような、キョトンとした顔で彼を見上げる。彼女にしては珍しい表情だ。

「心は失くなったり現れたりするようなもんじゃない。体ごと、今そこにいる貴女の丸ごとがあんたの心でもあり、その形なんだ。バカめ」

行くぞ潮くん。

彼は窓際から離れるとさっさと病室を出て行ってしまった。

唖然《あぜん》とした表情で市流の方を見ると——。

「先生に、叱られてしまいました」

彼女は微笑んでいた。

何をしている、と廊下から声がした。

「あ、ちょ……センセイ！　えっと……えっと……」

市流の両手をギュッと握りしめた。

「市流さん、色々ありがとう！　幸せでいてね！　これ、リンゴ！　剝いたから！」

すっかり皮の剝かれたリンゴをベッド横のテーブルに置く。

潮はそのまま踵《きびす》を返して急いで虹彦を追った。

ところが廊下の角で人とぶつかりかけてよろめいた。

「ご、ごめんなさい！」

思わず謝った相手は——一志だった。市流の見舞いに来たのだろう。

「ああ、君は——」

彼と会うのは祭の日以来だった。

「田中さん……あの日」

「わ、わたしもう行かなきゃ！　さようなら！」

色々と質問攻めにされそうな気配を感じ、慌てて話を切り上げてその場を立ち去った。

握りしめた市流の両の手の平は、確かに温かかった。

終幕　祭の後

病院の前には緩やかにカーブしながら下る坂がある。潮《うしお》と虹彦《にじひこ》は並んでその坂を下った。バス停は下った先にあり、そこから最寄りの駅まではバスで二十分だ。

不意に虹彦がため息をついた。

「センセイがため息なんて珍しいですね」

「今回の事件で祭の最中の村に警察が介入したことで、いちる人形祭の情報はあちこちに出回るかもなあ」

「秘祭が世に知れ渡ることを憂慮《ゆうりよ》しているんですか？　呆れた。自分の趣味でその秘密を訪ね歩いているくせに、いざ世間に広まりそうになるとため息だなんて」

「何度も言ってるだろう。ぼくは秘されたものを暴《あば》いて聴衆に晒《さら》したいわけじゃない。ま、微妙な祭《まつ》り心《ごころ》だよ」

虹彦は時々妙な造語を生み出す。

「それでも、これがきっかけでこの先いちる人形祭《にんぎようさい》の門戸《もんこ》が開かれて全国的に有名にでもなれば、鳴葉村《なるはむら》は潤うんじゃありませんか？　もちろんたくさんの観光客を招き入れることになるわけだから、お祭りの形式も今のままというわけにはいかなくなるかもですけど」

「かもな。それならまだいい。広まった結果変容、変質するのはな。よくないのは祭から特別性や神秘性だけが消え失せて、人々の信仰心が途絶えてしまうことだ」

そう話す虹彦は、普段あまり見せることのない憂《うれ》いの表情を浮かべていた。

「そういう例ってやっぱり結構あるんですか？　その、秘祭が途絶《とだ》えてしまうような……」

あるさ。

虹彦の答えは簡潔だった。

「時代の移り変わりによって古き祭が途絶えたという話は、もちろん一つや二つではない。例えば沖縄の久高島《くだかじま》で十二年に一度行われていたという秘祭『イザイホウ』。これは六百年以上の歴史を誇っていたが、ぼくや君が生まれるよりも以前にすでに途絶えている。人が減り、受け継がれなくなれば祭は終わる。それが秘された祭なら尚更その危険を常に孕《はら》んでいる。だから、せめて誰かが覚えていなければ――」

今ではなく、いつかのために。

しばし会話が途切れる。けれど話題ならあった。なんとなく、病院を出てすぐには切り出せなかったことが。

「市流《いちる》さん……これからどうなるんでしょうね」

どうする——と言った方が正しいかもしれない。

またいつか、人形になるために、己の体を失うために行動を起こすのだろうか。

「さてね」と虹彦はどうでもよさそうに言う。

誰かが向こうから坂を上ってくる。逢人《あいと》だ。

彼は両手に紙袋を提げている。そこには着替えやら本やらお菓子やらが詰め込まれているのだろう。重そうだ。

目が合った。逢人は気まずそうに目を逸《そ》らし、足早にすれ違っていった。

その後彼は自分のしたことを村の人々に打ち明け、頭を下げただろうか。それとも自らの恋をひた隠しにして口をつぐんだままだろうか。すれ違った時の表情からはどちらとも判別がつかなかった。

「どうであれ、これから恋の鞘当《さやあて》で騒がしくなりそうだ」

虹彦は意地の悪い顔で笑う。

「……ああ。ですね」

あの兄弟は、想い人の足が失くなったくらいで離れていくつもりはなさそうだ。

「姫君の亡くなった二本の足の代わりになる、二人の若き兄弟か」

「センセイ、それってすっごくデリカシーのないまとめ方です」

非難すると彼はそうかいと乾いた声で言ってそっぽを向いてしまった。

「拗《す》ねないでくださいよ。さ、お見舞いも済んだし、そろそろ東京へ帰りましょう。あ、でもせっかくだし途中でどこかに寄りません？」

今回は市流を見舞うために日帰りでやってきただけなので荷物も少なく、潮としてはちょっとした観光気分でもあった。

「どうせお金を出すのは全てわたしなんだからいいですよね？　えっとー、どこか近くに観光できそうなところは」

意気込んでいると虹彦が「は？」と軽薄な声を出した。

「何言ってんだ？　東京へは帰らんよ」

「は？」

「寄り道もしない。このまま次の祭へ向かう」

「は⁉」

「言ってなかった？」

「言ってなかった！」

「今度は南だ！　ある島で行われている秘祭中の秘祭だぞう！」

「嫌あー！」

バス停に着いても、バスが出発して駅に到着しても二人の言い争いは続いた。

「いいじゃないか。次こそ君の探し求めている祭かも知れないんだし」

「いい加減にして！　そうやってまた騙《だま》す気でしょう！　適当なこと言ってわたしのお財布だけが目当てなんでしょう！」

「いや、そんなことはないよ。本当だよ」

気持ち悪い笑顔だ。

「いつも思い通りになると思わないで！　わたしはセンセイの人形じゃないのよ！」

「こんな可愛《かわい》くない人形はいらん！」

「ムカつく！　誰のお金で調査ができてると思ってるの！」

ジタバタとお嬢様らしからぬ動きで怒りを表現する潮を見て、虹彦はククとおかしそうに笑った。

その憎《にく》らしい笑顔のまま、虹彦は潮の鼻をつまむ。

「まあそう言わずにここまで来たら付き合えよ。椿《つばき》虹彦にここまで関わった時点で、今更何を言ったって後の祭りなんだからな」

仏の顔！　仏の顔！

潮の声が真っ白な冬空に響き渡った。

了

二見サラ文庫

本作品に関するご意見、ご感想などは
〒101-8405
東京都千代田区神田三崎町2-18-11
二見書房 サラ文庫編集部 まで

本作品は書き下ろしです。

秘祭《ひさい》ハンター椿虹彦《つばきにじひこ》

著者 てにをは

発行所 株式会社 二見書房
東京都千代田区神田三崎町2-18-11
電話 03(3515)2311 [営業]
03(3515)2314 [編集]
振替 00170-4-2639

印刷 株式会社 堀内印刷所
製本 株式会社 村上製本所

落丁・乱丁本はお取り替えいたします。
定価は、カバーに表示してあります。
©Teniwoha 2020, Printed in Japan.
ISBN978-4-576-20067-5
https://www.futami.co.jp/

二見サラ文庫

上野発、冥土行き 寝台特急大河

～食堂車で最期の夜を～

遠坂カナレ

イラスト＝水引まぐ

不登校の未来来はアレクセイと名乗る死神に雇われ、死者のための食堂車を手伝うことに…。大切な人との最期の時間を運ぶ物語。

二見サラ文庫

ステラ・アルカへようこそ

～神戸北野 魔法使いの紅茶店～

烏丸紫明

イラスト＝ヤマウチシズ

交際相手の裏切りを知り、悩める千優が出逢ったのは、美麗だが謎めいた双子・響と奏。彼らが供する料理と紅茶を口にした千優は…。

二見サラ文庫

吉原妖鬼談

須垣りつ

イラスト＝禅之助

「見える」体質の六助は亡霊に絡まれたところを八卦見の遼天に助けられ、吉原の廓・瑞雲楼の異変を探る手伝いをすることに…。